Massimo Carlotto
Und es kommt ein neuer Winter

UND ES KOMMT EIN NEUER WINTER

MASSIMO CARLOTTO

ROMAN

Aus dem Italienischen von Ingrid Ickler

TransferBibliothek
FolioVerlag

Ich bin der Zufall, der nicht passt,
Ich bin die Stille, die einen Gruß erstickt,
Ich bin die Zuflucht, du kommst gerannt, aber die Zeit ist um.

Gianmaria Testa, *Spinnennetz*

Prolog

Das Licht einer Straßenlaterne fiel auf das Armaturenbrett. In ihrem Schein fuchtelte Robi mit den Händen wie ein Zauberkünstler, der einen neuen Trick ausprobierte.

„Hör auf", warnte ihn Michi und band sein Halstuch fest. „Diese grünen Handschuhe sind lächerlich."

„Im Supermarkt gab's nur die", behauptete Michi, der in Wahrheit nach den erstbesten im Regal gegriffen hatte, „außerdem ist es dunkel, das wird keiner merken."

„Sie sind phosphoreszierend, ich komme mir vor wie ein Marsmensch", lamentierte Robi.

Michi lachte. „Apropos phosphoreszierend, erinnerst du dich an die Madonnen aus Plastik, die der Priester jedes Jahr aus Lourdes mitgebracht hat?"

„Klar, wenn du die Krone vom Kopf abgeschraubt hast, hast du das geweihte Wasser gesehen. Wenn ich Fieber hatte, gab mir meine Mutter immer einen Schluck davon zu trinken."

Robi verlor sich in Kindheitserinnerungen und Michi ließ ihn reden. Wenn er nervös war, brauchte er Ablenkung, sonst konnte er die Dinge verkomplizieren.

Michi kannte ihn gut, sie waren Cousins, gleich alt und zusammen aufgewachsen. Oft hielt man sie für Brüder. Außerdem trugen sie den gleichen Nachnamen: Vardanega. Sie hatten eine ganz besondere Verbindung, sie brauchten einander. Robi hatte schon als Kind begriffen, dass er nicht clever genug war, sein Cousin aber schon. Er wusste immer, was zu sagen oder zu tun war. Ihm wie ein Schatten zu folgen, schien die richtige Entscheidung zu sein. Michi hatte Robis Untertänigkeit bei jeder sich bietenden Gelegenheit ausgenutzt, aber nie so, dass es offensichtlich war. Es war kein Zufall, dass er der Klügere war. Menschen, die sie kannten, waren sich sicher, dass die beiden einander sehr mochten, aber so war es nicht. Zwischen ihnen hatte sich eher eine geschäftliche Beziehung entwickelt, eine Art Komplizenschaft. Familienbande und Gefühle spielten eine untergeordnete Rolle.

Michi überlegte, plante und zerbrach sich den Kopf, während Robi sich nicht mal die Mühe machte, darüber nachzudenken, ob sein Cousin recht hatte oder nicht. Er hatte sich nicht mal Gedanken darüber gemacht, als sein Cousin ihm damals geraten hatte, sich mit Alessia Cappelli zu verloben, der Schwester von Michis zukünftiger Frau Sabrina.

Alessia war hübsch, sympathisch und warmherzig, aber auch impulsiv und von schlichtem Gemüt. Sie waren wie füreinander gemacht und liebten sich nach fünf Jahren Ehe immer noch wie am ersten Tag, was nicht zuletzt ihrer Arglosigkeit und Naivität dem Leben gegenüber zu verdanken war, was alles einfacher machte.

Auch an diesem sternenklaren Sommerabend Mitte Juni, der nach einem schwülheißen Tag ein wenig Kühle brachte, war Robi Michi selbstverständlich gefolgt. Zuerst hatten sie ein Auto geklaut, einen Fiat Punto, das einzige Modell, das sie knacken und bei dem sie den Motor kurzschließen konnten.

Beigebracht hatte ihnen das Fausto Righetti, genannt Riga, der einzige einigermaßen ernstzunehmende Kriminelle der Gegend. Als Chef einer Hehlerbande hatte er schon einige Male hinter Gittern gesessen. Riga war nicht gerade sympathisch, hatte keine Freunde in der Gegend und ließ sich nur selten in der Öffentlichkeit blicken. Falls er doch Freunde hatte, dann jenseits des Tals, oder sie ließen sich nicht mit ihm sehen. An diesem Nachmittag hatten sie sich mit ihm beim alten Waschhaus getroffen, wo er ihnen eine in einen öligen Lappen eingewickelte Pistole übergeben hatte, für eine Leihgebühr von 150 Euro. Während Riga die Scheine zählte, hatte er ihnen geraten, keine Dummheiten damit zu machen.

Danach waren die Vardanegas in die Bar Taiocchi gegangen, wo es angenehm kühl war, hatten Bier getrunken und waren den Plan noch mal durchgegangen. Später hatten sie mit ihren Familien zu Abend gegessen und sich mit dem Vorwand, eine Partie Billard zu spielen, verabschiedet. Was sie zweifellos und mit großer Hingabe auch tun würden, nachdem sie dem Typ, auf den sie im geklauten Auto warteten, eine Abreibung verpasst hätten. „Ein wackliges Alibi, aber besser als nichts", hatte der clevere Michi gemeint. Einige Monate zuvor hatten sie die Reifen des schicken Volvo ihres Opfers plattgestochen und zehn Tage später im Garten seiner Villa Feuer gelegt. Die Flammen hatten die Fassade beschädigt, die bis heute nicht wieder neu gestrichen worden war.

„Wir hätten uns als Maler anbieten können", hatte Robi scherzhaft gesagt, als sie das Auto abgestellt hatten.

„Hätten wir", hatte Michi geantwortet.

Ihr Opfer kam aus der Stadt und hieß Bruno Manera. Vor etwas mehr als einem Jahr hatte er Federica Pesenti geheiratet, eine Einheimische aus dem Dorf, die deutlich jünger war als er. Den Gerüchten zufolge war es eher eine Zweckehe, er war ein vermögender Mann und sie eine gebildete, gut aussehende 35-Jährige, Tochter einer bekannten und angesehenen Familie, die aber in den letzten Jahren mit finanziellen Problemen zu kämpfen hatte. Ihr Vater besaß eine Firma, die Chemikalien für die Textilindustrie herstellte, und hatte die Produktion nach Indonesien verlagert, nachdem sie zuvor der größte Arbeitgeber der Region gewesen war. Dieser Schritt hatte sich im Nachhinein als Fehler herausgestellt. Er war der erste und einzige Unternehmer, der nach Fernost gegangen war, andere hatten die Produktion nach Osteuropa verlegt, aber die meisten waren in dem kleinen Industriegebiet des Tals geblieben. Nur eine einzige Zufahrtsstraße führte dorthin, das An- und Abfahren der Lastwagen zu beobachten, vermittelte den Bewohnern der vier Dörfer ein größtmögliches Gefühl von Sicherheit.

„Wenn die Waren zirkulieren, zirkuliert auch das Geld", ein Satz, dessen Urheber unbekannt war, der aber im Tal gerne und oft zitiert wurde, auch im Dialekt. Selbst der Priester benutzte ihn, allerdings sprach er in der Messe diskret von „Wohlstand" und nicht von „Geld", wenn er um den Segen des Herrn für seine Gläubigen bat.

Bruno Manera war ein erfolgreicher Unternehmer, der seinen Wohlstand dem Ankauf, der Sanierung und dem Verkauf von hochwertigen Immobilien in Tourismusregionen verdankte, wie seine junge Ehefrau ihren Freundinnen anvertraut hatte, was allerdings rasch die Runde machte.

Er hatte sich um das Finanzielle gekümmert, während seine erste Ehefrau, eine bekannte Architektin, die Umbaumaßnahmen geplant und überwacht hatte. Nachdem sie einer Krebserkrankung erlegen war, hatte Bruno Manera seine geschäftlichen Aktivitäten stark eingeschränkt, aber wenn er ein gutes Geschäft witterte, ließ er es sich nicht entgehen.

Der Neuankömmling aus der Stadt galt im Dorf als exzentrischer Außenseiter, aber nur bis zu dem Moment, als die ersten Anschläge auf ihn verübt wurden. Danach war jedes Wohlwollen verschwunden und es wurde gemunkelt, dass er nicht ganz die Wahrheit sagte.

Die Gerüchte wurden vom Kommandanten der örtlichen Carabinieri, Maresciallo Capo Piscopo befeuert, der keine Gelegenheit ausließ zu betonen, dass dieser Mann aus der Stadt Probleme machen würde. Um nach einer künstlichen Pause hinzuzufügen, dass er offensichtlich etwas zu verbergen hatte. Piscopo war ein beeindruckender und stattlicher Mann mit schaufelgroßen Händen, die wenigen Kriminellen des Tals hatten gehörigen Respekt vor ihm. Seine gewaltigen Ohrfeigen waren gefürchtet. Alle infrage kommenden Verdächtigen waren nach der Reifengeschichte und der Brandstiftung befragt worden. Der Maresciallo war überzeugt davon, dass kein Einheimischer dahintersteckte, und der Einzige, der schlussendlich in die Mangel genommen wurde, war Manera selbst, der sich empört und vehement bei der Staatsanwaltschaft und Piscopos vorgesetzter Dienststelle beschwert hatte. Ohne Erfolg.

Michi und Robi, von Amts wegen eigentlich Michele und Roberto, würden also nicht in Verdacht geraten. Nicht nur, weil sie keinerlei Vorstrafen hatten, sondern auch, weil man sie für rechtschaffene und gesetzestreue Bürger hielt. Genauso wie ihre Altersgenossen gingen sie in die Bar, spielten Billard und fuhren bisweilen in die Stadt, zu den nigerianischen Huren, die am Straßenrand ihre Dienste anboten. Aber jeden Morgen standen sie pünktlich auf, um hart zu arbeiten, sie waren kirchlich getraut und Michi hatte kurz darauf seine Frau geschwängert. Robi und Alessia schienen sich mehr Zeit zu lassen, das war vielleicht auch besser so, wer weiß, was dabei herauskäme.

Michi war von der gesamten Situation überhaupt nicht begeistert. Viel lieber hätte er mit Freunden in der Bar herumgehangen oder mit Sabrina auf der Couch im Wohnzimmer vor dem Fernseher gesessen und ihre Lieblingssendungen kommentiert oder irgendwelche dummen oder gewagten Bemerkungen gemacht. Er liebte es, wenn sie lachte. Allerdings lachte sie seit seiner Entlassung immer seltener. Die Kleiderfabrik, in der auch Roberto gearbeitet hatte, war von einem ausländischen Konzern geschluckt worden, dem es in Wirklichkeit nur um das Patent für einen feuerfesten Stoff ging und der kein Interesse hatte, die Produktion vor Ort zu erhalten. Deshalb standen sie jetzt alle auf der Straße, ohne irgendwelche Rechte, denn der Vorbesitzer hatte sie davon überzeugt, „ihre eigenen Chefs" zu werden, freie Mitarbeiter mit eigener Umsatzsteuernummer. Außerhalb des Tals gab es genug Jobs, aber nur Loser pendelten. Pendeln bedeutete den Abstieg auf der sozialen Leiter, auf der die Wohlhabenden ganz oben standen. Außerdem würde der gute Name der Vardanegas im Tal leiden. Besser arbeitslos sein, den Gürtel ein wenig enger schnallen und auf die richtige Gelegenheit warten. Michi hatte sich nur widerstrebend auf diese illegale Geschichte eingelassen, und weil es nicht anders ging. Auf den ersten Blick leicht verdientes Geld und nichts wirklich Großes. Eher eine Bagatelle als ein Verbrechen, damit würde er sofort aufhören, wenn er wieder einen Job hätte.

Roberto hatte sich diese Frage nicht gestellt, ganz im Gegenteil, er fand die Aussicht, etwas Illegales zu tun, eher aufregend. Michele hatte seine Abenteuerlust ausgenutzt und ihm die Hauptrolle in der Manera-Geschichte gegeben. Er hatte kein Interesse, einen Mann zu verprügeln, den er kaum kannte, zudem war sein Cousin kräftiger als er. Bei den Schlägereien, in die sie früher am Rand der Jahrmärkte im Tal verwickelt gewesen waren, hatte Roberto nie Angst vor körperlichen Auseinandersetzungen gehabt. Im Übrigen war ihr Opfer um die fünfzig und hielt sich höchstens mit einmal Tennis pro Woche fit. Roberto sollte ihn richtig fertigmachen, dann würde Michele die Waffe ziehen und ihm drohen abzudrücken, damit er kapierte, dass er das Tal verlassen und in die Stadt zurückkehren musste, wenn er am Leben bleiben wollte.

Für ihren Auftraggeber hatte die Tatsache, dass Manera auf einer Zwangsversteigerung ein Landhaus erworben hatte, das Fass zum Überlaufen gebracht. Das Haus hatte seit Generationen der inzwischen bankrotten Familie Nava gehört. Aus dem Dorf hätte es keiner gewagt, aus dem Unglück eines Einheimischen seinen Vorteil zu ziehen.

500 Euro für die Reifen, 1000 für das Feuer im Garten der Villa, 3000, um Manera so viel Angst einzujagen, dass er verschwand. Mit der ersten Rate hatten sie offene Rechnungen

bezahlt, heute Abend würden sie das Geld teilen, etwa die Summe, die sie sonst im Monat verdienten. Das Familienglück war im Augenblick wichtiger als das Risiko, im Knast zu landen. Michele wollte nicht, dass seine Ehe wegen finanzieller Probleme in die Brüche ging. Sabrina wusch im Friseursalon von Mia Adami den Kunden die Haare, dem ersten Salon am Platz. Sie brachte 1100 Euro nach Hause, mehr wollte sie nicht. Sie hatte nie den Ehrgeiz gehabt, Friseurin zu werden oder einen eigenen Salon zu eröffnen, denn sie hatte nur einen einzigen Wunsch: Hausfrau zu werden und sich um die Kinder zu kümmern. Im Moment hatten sie nur ein einziges Kind, ihren Sohn Aurelio, benannt nach dem Großvater väterlicherseits, aber just am Tag seiner Entlassung hatte Sabri den Wunsch geäußert, ein zweites Kind zu bekommen. Nur um ihn daran zu erinnern, dass sie nicht bereit war, auf die Zukunft zu verzichten, die er ihr am Altar versprochen hatte. Und um sie zufriedenzustellen, war Michi zu allem bereit. Sein Vater hatte als Alleinverdiener seine Frau und drei Kinder ernährt. Natürlich war das nicht leicht gewesen, zumindest so lange, bis der Älteste mit sechzehn schließlich die Schule verlassen hatte und in die Fabrik arbeiten gegangen war.

Das Handy klingelte und ein Sommerhit erfüllte das Wageninnere und drang aus den Fenstern, die sie wegen der Hitze geöffnet hatten. Michi nahm ab. „Er kommt", sagte eine Stimme.

Robi dehnte und streckte sich wie ein Sportler vor einem Wettkampf, während Michi sich wünschte, auf der guten Seite geblieben zu sein.

Die gleißend hellen Scheinwerfer eines protzigen Geländewagens huschten über die Auffahrt und die Vardanegas mussten sich ducken, um nicht gesehen zu werden. Manera betätigte die Fernbedienung, das Tor öffnete sich und er fuhr in den Garten der Villa. Robi und Michi zogen sich die Gesichtsmasken über, verließen den Punto und fielen über Manera her, der gerade aus dem Wagen gestiegen war.

Roberto schlug so brutal zu, als ob er ihm alle Knochen brechen wollte. Eine Serie von Haken ins Gesicht und in den Bauch. Der Unternehmer rutschte an der Karosserie seines Wagens herunter und kauerte sich mit erhobenen Armen am Boden zusammen, um sich vor den Schlägen zu schützen. Michele zog die Pistole und schob Roberto beiseite. Jetzt war er dran.

Er drückte den Lauf gegen Maneras Stirn, der überraschenderweise noch bei Bewusstsein war. „Wenn du nicht von hier verschwindest, bist du ein toter Mann", drohte er.

Das Drehbuch sah vor, dass das Opfer sich jetzt ergeben würde, aber völlig unvermutet umklammerte Manera mit beiden Händen die Waffe und begann hysterisch zu schreien.

Professionelle Schläger hätten sofort gewusst, dass das unglückliche Opfer aus Angst einen hysterischen Anfall hatte und sie ihn nur entwaffnen und auf den Mund schlagen müssten, um ihn zum Schweigen zu bringen. Das erfolgreiche Zusammenschlagen eines Gegners, vor allem, wenn man ihm drohen wollte, beruhte auf klaren Regeln. Doch die Vardanegas waren Dilettanten und beschränkten sich darauf, ihm die Pistole zu entreißen und ein paar Schritte zurückzuweichen. Sie hatten sich vorher vergewissert, dass Maneras Ehefrau nicht zu Hause war und die Hausangestellte ihren freien Tag hatte, an dem sie normalerweise bei ihrer Mutter übernachtete. Doch bald würden die Nachbarn an den Fenstern auftauchen, mit Jagdgewehren bewaffnet, die seit Jahrhunderten von hervorragenden Büchsenmachern im Tal gefertigt wurden.

Schließlich ergriff Roberto die Initiative, nahm die Waffe und gab drei Schüsse ab. Der erste zerschmetterte das Rückfenster des Volvo, der zweite das Schlüsselbein des Opfers und der dritte sein rechtes Knie.

Unter Maneras Schreie mischten sich die von Michi, der sich auf seinen Cousin warf, ihm die Waffe aus der Hand riss und ihn zum Auto zerrte.

„Scheiße, was hast du gemacht, Robi?", fragte er mit rauer Stimme und legte den Gang ein.

Robi drehte sich zu Manera um, der sich vor Schmerzen am Boden wälzte, und ein dümmliches Lächeln umspielte seine Lippen. Dann zuckte er mit den Schultern.

1

Es sah so aus, als hätte er es mit Absicht gemacht. Dabei war er nur langsam. Wie immer übrigens. Er war in allem langsam. Auch beim Sex. Wenn sie miteinander schliefen, was zum Glück schon seit einiger Zeit nicht mehr passiert war, musste sie stöhnen und ihn anstacheln, indem sie ihn an den Hüften packte. Und wenn er endlich kam, musste sie ihn wegschieben, sonst wäre er auf ihr liegen geblieben, hätte sie auf die Wange geküsst oder seine Zunge in ihr Ohr gesteckt.

Heute war Federica noch genervter als sonst. Bruno wollte einfach nicht gehen, am liebsten hätte sie ihn vor die Tür gesetzt und das Schloss zusätzlich mit einer Kette gesichert. Sie hatte gerade herausgefunden, wo ihr Mann das verdammte schwarze Notizbuch mit dem roten Rand versteckte, das er irgendwo gefunden haben musste. Erst hatte sie es nicht weiter beachtet, aber dann, kurz nach Ferragosto, war ihr aufgefallen, dass er sich nachts in die Küche zurückzog, angeblich, um noch einen Tee zu trinken, und dort schrieb. Dazu verwendete er einen teuren Füllfederhalter, der wahrscheinlich ihrer Vorgängerin Annabella gehört hatte. Verstorben, aber unvergessen. Federica hatte ihn ein paar Mal vom Wohnzimmer aus beobachtet. Bruno dachte, sie würde auf dem Sofa liegen und fernsehen, dabei stand sie reglos nur wenige Meter von ihm entfernt und hielt den Atem an. Fasziniert betrachtete sie die Konzentrationsfalten auf seiner Stirn, während er schrieb. Jedes Wort musste ihn enorme Anstrengung kosten, eine Kugel hatte ihm das Schlüsselbein zertrümmert und die Muskeln und Sehnen durchtrennt. Die Rehabilitation war eine Quälerei und würde noch eine Weile dauern.

Lange Zeit hatte Bruno das Notizbuch gut versteckt, doch dann hatte sie bemerkt, wie er in der Kammer verschwunden war, wo sie die Schuhe aufbewahrten. In letzter Zeit trug er nur noch diese schrecklichen Pantoletten mit der Korksohle einer deutschen Firma, die ihm sein Physiotherapeut empfohlen hatte. Kurz danach war er wieder herausgekommen. In denselben Tretern.

Federica hatte zufrieden gegrinst, sich in die Kammer geschlichen und die Tür abgeschlossen. Dann hatte sie mit einer systematischen Durchsuchung begonnen. Das Notizbuch hatte sie in einem Gummistiefel gefunden und neugierig die erste Seite aufgeblättert. In leicht schiefer Blockschrift stand da: „August-Tagebuch".

„Dottore Rampini meinte, Schreiben könnte mir helfen, es hätte einen heilenden Effekt. Einige bedeutende Romane seien nur deswegen entstanden, weil sich jemand seine Ängste, Befürchtungen und Phobien von der Seele schreiben wollte. Aber es gibt noch einen anderen Grund, warum ich in einem Schreibwarenladen in der Nähe des Krankenhauses dieses Notizbuch gekauft habe. Die Strenge des Einbands hat mich angezogen, das einzige Exemplar ohne eine Illustration, die mit der Natur, Computerspielen oder der Jugend zu tun hatte.

Es schien mir ideal für den Zweck zu sein, den ich verfolge: zu verstehen. Zu verstehen, bevor ich mich entscheide, wie ich der Wahrheit begegne, oder besser den Indizien, die bisher aufgetaucht sind. Maresciallo Piscopo verhält sich mir gegenüber weiterhin verletzend, gelinde gesagt, und trägt wenig zur Aufklärung bei. Er ist davon überzeugt, dass ich die Täter kenne und die Angriffe mit meinen Geschäften zu tun haben. Sein fehlender Respekt beleidigt mich und seine Voreingenommenheit verhindert, dass die Schuldigen überführt werden. Das Problem ist, dass er das ganze Dorf von seiner Meinung überzeugt hat. Alle glauben, dass ich irgendwie darin verwickelt bin, alle sind sich sicher, dass ich ein Doppelleben führe und mein Geld nicht durch meiner Hände Arbeit verdient habe. Und das gilt nicht nur für das gemeine Volk, sondern auch für die Oberschicht, wie man die Unternehmer- und Industriellenfamilien hier nennt. Also meine natürliche Umgebung. Sie wollen mich verjagen, mich zwingen, das Tal zu verlassen, in dem ich den Rest meines Lebens verbringen möchte. Die Verbannung könnte ich ja noch ertragen. Aber dass meine Ehefrau hinter der Kampagne steckt, ist völlig inakzeptabel. Federica möchte mich loswerden. Das hat sie mir im Krankenhaus gesagt. Diesen Moment werde ich nie vergessen, ich kam gerade von einer Therapieeinheit zurück, ich war erschöpft, alles tat mir weh. Sie hat mich angegriffen und mir vorgeworfen, dass ich mich mit der Mafia und irgendwelchen Drogenhändlern eingelassen und sie nur benutzt hätte, um die Stadt zu verlassen und mich im Tal hinter dem guten Namen ihrer Familie zu verstecken. Am meisten hat mir ihre absurde Anschuldigung wehgetan, sie in Gefahr gebracht zu haben. Danach war Funkstille, wiedergesehen habe ich sie erst zu Hause. Um die nötigen Schritte für eine Trennung einzuleiten, konnte sie nicht wie üblich mit ihren Freundinnen in den Urlaub fahren, was sie ziemlich geärgert hat. Wir leben wie zwei Fremde unter einem Dach. Sie hat sogar die Hausangestellte entlassen, um keine Gerüchte aufkommen zu lassen. Ein unendlicher Schmerz."

Federica klappte das Notizbuch zu und verließ die Kammer. Sie wollte nicht riskieren, erwischt zu werden, auch wenn es sie brennend interessierte, wie es weiterging. Bruno war in der Küche und machte sich einen Kaffee. Natürlich mit Filter, wie die Franzosen. Die braune Flüssigkeit tropfte langsam in die Kanne. Er war der Einzige im Tal, der eine Viertelstunde damit verschwendete, sich einen Kaffee zu machen. Früher hatten sie seine Extravaganzen fasziniert, es hatte ihr nichts ausgemacht, einen Mann zu heiraten, der siebzehn Jahre älter war als sie. Aber als sie ins Tal zurückgekehrt war, war ihr klar geworden, dass sie einen Fehler gemacht hatte. In der Stadt konnte ihre Beziehung funktionieren, aber hier war ein so großer Altersunterschied befremdlich. Das konnte nur bedeuten, dass mit dieser Frau etwas nicht stimmte.

Dabei war sie es gewesen, die auf der Heirat mit Bruno bestanden hatte. Nach dem Konkurs der Firma ihres Vaters in Fernost wollte sie endlich wieder eine *Signora* sein, an der Seite eines reichen Mannes, eines Mannes von Format. Das sei sie sich und ihrer Familie schuldig, hatte sie gedacht.

Sie hatten sich bei der Eröffnung des Modeateliers einer gemeinsamen Freundin getroffen und die Gelegenheit genutzt, sich gegenseitig zu beschnuppern. Und Gefallen aneinander gefunden. Bruno Manera war ein gebildeter Mann mit einem exquisiten Geschmack, was kulinarische Genüsse und die Mode anging. Unerlässliche Voraussetzungen, um sich in der besseren Gesellschaft zu bewegen, ohne als neureicher Emporkömmling zu gelten, wie gewisse Mitglieder der Familie Pesenti immer schon genannt wurden. Federica Pesenti war überrascht, wie geschickt er vermied, seinen Reichtum zur Schau zu stellen. Auf den ersten Blick war er nicht gerade attraktiv, aber die Frauen lagen ihm zu Füßen. Was nicht nur an seinem Bankkonto lag. Er war nicht besonders groß, aber auch nicht klein, hatte haselnussbraune Augen und ein gewinnendes Lächeln. Eine grau melierte Haarsträhne fiel ihm in die Stirn. Der Bauchansatz war dezent und wirkte nicht unattraktiv. Sie war immerhin schon 35 und ihre Mutter löcherte sie mit der Frage, wann sie endlich heiraten und ihr ein Enkelkind schenken würde, das sie verwöhnen konnte. Federica hatte wenig Lust, sich fest zu binden, das war nie ihr Wunsch gewesen, aber ab einem gewissen Alter hatte eine Ehe durchaus Vorteile. Aber Kinder kamen für sie nicht infrage, Maneras fortgeschrittenes Alter war eine willkommene Rechtfertigung.

Das erste Mal Sex hatten sie in Brunos luxuriösem Apartment im ersten Stock eines altehrwürdigen Palazzos im Stadtzentrum gehabt. Mehr als an den Akt an sich erinnerte sie sich an die perfekte Einrichtung, die Sammlung von italienischen Designobjekten der vergangenen fünfzig Jahre und die bemerkenswerte Gemäldesammlung italienischer Meister des 20. Jahrhunderts. Sie hatte sofort verstanden, dass der Mann, der um sie warb, sehr viel reicher war, als sie angenommen hatte.

Und genau in diese Stadt sollte ihr zukünftiger Ex-Mann auch wieder verschwinden. Federica war davon ausgegangen, dass er nach seiner Entlassung aus dem Krankenhaus dorthin fliehen würde, aber er war im Tal geblieben, hatte sogar alte Freundschaften abgebrochen, als wolle er ihr in jedem Augenblick beweisen, dass es ein Fehler gewesen war, ihn zu heiraten.

„Ich kann nicht verstehen, dass es so enden muss", riss er sie abrupt aus ihren Gedanken, „ich liebe dich, ich habe all meine Energie in unsere Beziehung investiert, ich bin hierhergezogen …"

„Nicht jetzt, Bruno", unterbrach sie ihn.

Manera seufzte und wusch die Tasse aus, trotz Spülmaschine. Keine zehn Minuten später tauchte er im Wohnzimmer auf, wo Federica so tat, als würde sie eine Zeitschrift lesen.

„Ich weiß nicht, wann ich wiederkomme."

„Das interessiert mich nicht", gab sie genervt zurück, „wir sind dabei, uns zu trennen, jeder kann machen, was er will."

Er nickte resigniert und humpelte davon.

Federica wartete, bis der Wagen durch das Tor fuhr. Dann ging sie wieder in die Kammer, nahm das Notizbuch und las weiter, im Stehen, an ein Regal gelehnt.

„Die Tage vergehen und Federica fällt es offensichtlich immer schwerer, meine Anwesenheit zu ertragen, allein mein Anblick scheint sie zu stören. Sie hat es eilig. Sie hat einen anderen und will mich loswerden, um endlich die wahre Liebe zu erleben. Soweit ich weiß, hat die Sache schon vor vielen Jahren begonnen, im Gymnasium, um genau zu sein. Und dann hat das

Schicksal die beiden getrennt, bis zu dem Moment, in dem sie darauf bestanden hat, wieder ins Tal zurückzukehren. Ich war dabei, als sie sich wiedergesehen haben, es war in der Bank, genauer gesagt, im Büro ihrer Jugendliebe. Ich erinnere mich, wie überrascht die beiden waren. Sie versuchten den Schein zu wahren und tauschten peinliche Höflichkeiten aus, bis es mir zu viel wurde und ich mich laut räusperte. Für das frühere Techtelmechtel meiner Frau habe ich nicht das geringste Interesse."

Aus Federicas Kehle drang ein raues Krächzen. Bruno wusste Bescheid. Sie war sich sicher, hundertprozentig sicher gewesen, dass niemand von ihrer Affäre wusste. Sie glaubte ersticken zu müssen, rannte aus der Kammer in die Küche, öffnete den Kühlschrank und goss sich zwei Fingerbreit eiskalten Wodka ein. Der Alkohol verwandelte sich umgehend in tröstende Wärme. Sie war bereit weiterzulesen.

„Er heißt Stefano Clerici. 36, Finanzberater. Seit acht Monaten verwaltet er einen beträchtlichen Teil meines Vermögens, zum Glück nicht alles. Ich hatte vor, im Tal zu investieren, sowohl in Gewerbebetriebe als auch in Immobilien. Aus wirtschaftlicher Sicht verspricht die Gegend immer noch gute Erträge. ‚Auf Clerici kannst du dich verlassen. Er würde mich nie übers Ohr hauen', wiederholte Federica immer wieder. Und schließlich hatte sie mich überzeugt. Nach Meinung meines Steuerberaters agiert Clerici allerdings nicht gerade geschickt, aber darüber habe ich hinweggesehen, um nicht als eifersüchtiger alter Mann dazustehen.

Mein Aufenthalt im Krankenhaus war lang und einsam. Ich hätte ein paar Freunde anrufen können, besser noch Freundinnen, die, durch Fredericas Fernbleiben angezogen, sicher unverzüglich an mein Krankenbett geeilt wären. Stattdessen engagierte ich eine zusätzliche Pflegekraft, eine knochentrockene, aber höchst effiziente Ukrainerin, der ich keine Erklärungen geben musste. Vor allem aber war ich überzeugt, dass meine Frau ihr Unrecht einsehen, aufrichtig ihr Herz prüfen und dort die Liebe wiederfinden würde, die sie mir diverse Male geschworen hatte.

Die endlos langen Tage im Krankenhaus werden mir auf ewig in qualvoller Erinnerung bleiben. Die schlimmste Zeit meines Lebens waren die letzten Tage vor Annabelles Tod gewesen. Ich liebte sie so sehr, dass ich mir wünschte, ihr Leiden hätte endlich ein Ende, sich von ihr zu verabschieden, war eine Befreiung. Im Wissen, dass der Krebs ihr keine Chance auf Heilung ließ, hat sie mir das Versprechen abgerungen, die Kraft aufzubringen, eine aufrichtige und leidenschaftliche neue Beziehung einzugehen. Heute fürchte ich, dass genau dieses Versprechen der größte Fehler meines Lebens war.

Manchmal scheint die Zeit nicht enden zu wollen und Nachdenken ist die einzige Möglichkeit, sich von diesem Gefühl nicht überwältigen zu lassen. Im Zimmer 119, das letzte im Gang der Orthopädie, habe ich begonnen, alle Details zusammenzutragen. Was ist vor und nach dem Beginn der Anschläge, dem Durchstechen der Reifen, passiert?

Trotz aller Sorgfalt, mit der ich die Erinnerungen für mich geordnet hatte, landete ich immer wieder in einer Sackgasse.

Doch an einem Sonntagnachmittag tauchte ein Unbekannter auf. Diese Zeit war die schlimmste der ganzen Woche, denn es wimmelte von Verwandten und Bekannten, die liebevoll mit den ihren plauderten.

Ich dachte, der Mann hätte sich vielleicht im Zimmer geirrt oder sich verlaufen. Aber stattdessen war er gekommen, um mir zu sagen, dass er nicht an die Hypothesen des Maresciallo Piscopo glaubte und dass ich nach meiner Entlassung ein Auge auf meine Frau haben sollte. Er war sich sicher, dass sie mich mit ‚Dottore' Clerici betrog. Er hatte mit eigenen Augen gesehen, wie sie das etwas abgelegene Haus des Finanzberaters in einem Vorort betreten hatte, dort konnte man unbemerkt kommen und gehen. Er hatte nur wenige Meter entfernt im schützenden Dunkel gestanden und sich gedacht, dass das für eine verheiratete Frau keine passende Zeit für einen Besuch bei einem Ex-Verlobten war. Vor allem, wenn ihr Mann gerade im Krankenhaus lag.

Ich habe ihm nicht geglaubt. Voller Wut habe ich ihm vorgeworfen, er wolle nur Geld und was weiß ich noch alles. Aber er blieb unbeeindruckt. Er hielt meine Reaktion für verständlich und bat mich, noch einmal über die Geschichte nachzudenken. Wenn Piscopo unrecht hatte, musste man die Auftraggeber und die Täter in der Umgebung suchen. Und der Geliebte war in Fällen wie diesem immer ein guter Ausgangspunkt, besonders, wenn wirtschaftliche Interessen im Spiel waren. Genau so hatte er sich ausgedrückt, sich verabschiedet und war gegangen. Meine Schmerzen wurden von der Sorge überlagert, dass mich meine Frau betrügen könnte. Das zwang mich, seine Enthüllungen ernst zu nehmen. In diesem Moment war ich mir sicher, dass Stefano Clerici in das Komplott gegen mich verwickelt ist.

Er wollte mich loswerden und aus dem Dorf vertreiben, Federica für sich haben und die Abfindung einkassieren. Sah der Plan vielleicht sogar meinen Tod vor? In diesem Fall wäre das Erbe der Witwe natürlich deutlich höher, weil ich ganz allein auf der Welt bin und es keine weiteren Erben gibt.

Mich quält die Frage, ob Federica seine Komplizin ist oder von seinen kriminellen Machenschaften nichts weiß. Ich hoffe, dass sie unschuldig ist, denn ich liebe sie nach wie vor von ganzem Herzen. Eine verzweifelte Liebe, ich würde sie sogar noch lieben, wenn ich wüsste, dass sie in den Plan verwickelt ist ..."

Der Rest der Seite war herausgerissen, aber Federica hätte sowieso nicht weiterlesen können.

Nur mit Mühe fand sie die Kraft, vom Sofa aufzustehen, das Notizbuch wieder im Gummistiefel zu verstecken und nach den Autoschlüsseln zu greifen. Ihre Schritte waren unsicher, sie torkelte fast. Es kam ihr vor, als würde sie in einen Abgrund blicken. An der ersten Kreuzung bog sie rechts ab, 200 Meter hinter ihr setzte sich ein auf dem Bürgersteig geparkter Geländewagen in Bewegung und folgte ihr. Am Steuer saß Bruno Manera.

Er hoffte inständig, dass seine Frau nicht zu Clerici fahren würde. Dass die Falle, die er mit unendlicher Geduld aufgebaut hatte, mit dem Tagebuch als Köder, sich als pure Zeitverschwendung herausstellen würde. Aber der Weg, den sie nahm, ließ keinen Zweifel. Sie fuhr zu ihrem Geliebten.

Federica parkte vor einem zweistöckigen Wohnhaus, Manera sah erschüttert zu, wie sie mit raschen Schritten durch den Garten ging. Stefano Clerici wartete schon an der Tür. Er trug einen schlabbrigen Trainingsanzug und Bruno fragte sich, wie sie mit einem so nachlässig gekleideten Mann zusammen sein konnte.

Der Schmerz zwang ihn, die Stirn auf das Lenkrad zu legen. Er war überall spürbar, strahlte vom Arm und vom Bein in den restlichen Körper aus, aber in der Brust war er am größten. Er wusste jetzt, dass er sie für immer verloren hatte. Sie liebte einen anderen, vielleicht wollte sie sogar seinen Tod.

Das Notizbuch als Köder zu nutzen, hatte ursprünglich ein anderes Ziel gehabt: Federica sollte lesen, was er ihr eigentlich sagen, was sie aber nicht hören wollte. Aber dann hatten die Verdachtsmomente und ihr zunehmend abweisendes, fast feindseliges Verhalten dazu geführt, dass er seinen Plan ändern musste. Mit List und Tücke war es ihm gelungen, Federica von der Wichtigkeit des Tagebuchs zu überzeugen und den Ablauf so zu steuern, dass sie es genau an diesem Samstagmorgen fand. Es war wichtig, dass Clerici nicht im Büro war, sondern sehr wahrscheinlich zu Hause. Bruno musste mit eigenen Augen sehen, dass seine Frau das Haus betrat, erst dann wäre er von ihrer Untreue überzeugt.

Dass Federicas Geliebter oder sogar die beiden als Paar mit dem Angriff auf ihn zu tun hatten, war ein ganz anderes Problem. Noch hatte er keine Beweise, aber früher oder später würde er es herausfinden. Insgeheim hoffte er allerdings, dass es nicht allzu lange dauern würde, denn er hatte es satt, sich von unbekannten Kriminellen terrorisieren zu lassen.

Einige Minuten später öffnete sich die Beifahrertür und ein Mann stieg ein.

„Alles in Ordnung?", fragte er Bruno und legte ihm vorsichtig eine Hand auf die Schulter.

„Du hattest recht", sagte Manera leise.

„Und es tut mir leid. Ich hätte mich lieber geirrt."

Bruno brach in Tränen aus, was er gerne vermieden oder heimlich getan hätte.

Der Mann wartete schweigend, bis er sich wieder beruhigt hatte.

Er hieß Manlio Giavazzi, ein Wachmann der Valle Securitas, dessen Familie aus dem Tal stammte. Er war es auch gewesen, der Bruno im Krankenhaus besucht und von Federicas Affäre erzählt hatte.

„Und was mache ich jetzt?", fragte Bruno mit erstickter Stimme. „Ich kann nicht den Ahnungslosen spielen und weiter mit ihr unter einem Dach leben."

Giavazzi holte ein Päckchen Zigaretten aus der Jacke und ließ das Fenster hinunter.

„Im Moment wissen wir nur, dass deine Frau eine Affäre mit Clerici hat, aber wir haben keinerlei Beweise, dass er oder sogar beide für die Anschläge verantwortlich sind. Federicas Verhalten wird Licht ins Dunkel bringen. Wenn sie nichts damit zu tun hat, wird sie versuchen, die Sache auf ihre Weise zu regeln, aber wenn sie Dreck am Stecken hat, wie wir Einheimischen sagen, dann wird sie so tun, als hätte sie das Notizbuch nie gefunden. Und wenn das so ist, dann musst du dich beeilen, womöglich ist dann sogar dein Leben in Gefahr. Das sind Amateure, gut möglich, dass sie die Nerven verlieren, weil sie denken, dass du ihnen als Toter weniger Ärger machst."

Manera schüttelte den Kopf. „Federica hat nichts damit zu tun, da bin ich mir sicher. Sie hätte andere Möglichkeiten, mich loszuwerden, zumal sie gerade dabei ist, sie hat einen Anwalt beauftragt, die Scheidung einzuleiten."

„Das hoffe ich. Zumindest für den guten Namen der Familie Pesenti. Mein Vater hat bis zur Rente in ihrer Fabrik gearbeitet und mir immer wieder versichert, dass sie ehrliche Leute sind. Aber es nützt alles nichts, die Fakten müssen auf den Tisch."

In diesem Augenblick schwang die Haustür auf und Federica stürmte heraus, Clerici folgte ihr und versuchte sie zu beruhigen. Aber sie war offenbar stinksauer und stieß ihn zur Seite.

„Der Trick mit dem Notizbuch hat Bewegung in die Sache gebracht", meinte Manlio.

„Ich fahre nach Hause", entschied Manera.

„Nein, du bist viel zu aufgebracht, um deine Rolle gut zu spielen. Und auch Federica braucht Zeit, um sich zu beruhigen und nachzudenken."

„Ich weiß aber nicht, wohin", sagte Manera.

„Fahr irgendwohin und lass es dir gut gehen. Kohle hast du ja genug."

Der Wachmann stieg aus und ging zu seinem Auto. Ein in die Jahre gekommener Kleinwagen mit zu vielen Kilometern auf dem Tacho, mit dem er tagein, tagaus auf den Straßen im Tal unterwegs war.

Manlio hätte gerne noch einen Abstecher in die Bar gemacht, aber er musste nach Hause. Er bewohnte ein kleines Häuschen, das er zusammen mit seinen Schwestern von seinen

Eltern geerbt hatte, ihm jetzt aber allein gehörte, nachdem er sie nach zwanzig Jahren Streitigkeiten vor Gericht ausgezahlt hatte. Als er die Tür öffnete, schlug ihm der Geruch von Einsamkeit entgegen. Als Lucia und Adamo noch bei ihm gewohnt hatten, hatte das Haus nach Leben geduftet. Er zog die Schuhe aus und die Pantoffeln an und ging ins Schlafzimmer, wo er seine Uniform auszog. Er schnupperte am Hemd mit dem Wappen der Valle Securitas, unsicher, ob er es waschen sollte oder am Montag noch mal anziehen konnte. Schließlich hängte er es in den Schrank.

In der Küche trank er ein Glas Rotwein und dann machte er sich, wie jeden Herbst, an die Zubereitung der Marrons glacés, es war der vierte und letzte Tag der Prozedur.

Die Kastanien hatte er Anfang Oktober gesammelt, in einem Wäldchen unweit des Dorfes, das den Cattaneos gehörte, einer wohlhabenden Familie, denen die Bäume völlig egal waren. Vielleicht hatten sie vergessen, dass sie ihnen gehörten. Manlio kümmerte sich um das Wäldchen, schnitt die Bäume, pfropfte und jätete Unkraut. Die Edelkastanie „Doree de Lyon", die dort wuchs, eignete sich bestens für das Glasieren.

Er hatte die Früchte gesammelt, die Haut auf beiden Seiten kreuzförmig eingeschnitten und dabei darauf geachtet, dass das Fruchtfleisch nicht beschädigt wurde. In der Zwischenzeit hatte er einen großen Topf mit Wasser zum Kochen gebracht und die Kastanien hineingetaucht. Immer nur wenige und nicht länger als zehn Minuten, denn das Geheimnis lag darin, sie zu schälen, solange sie noch heiß waren.

Dann hatte er die geschälten Kastanien in einen großen Topf mit kaltem Wasser gegeben, die Temperatur langsam erhöht und die Kastanien erneut exakt zwölf Minuten gekocht. Danach hatte er sie in einem Schöpflöffel aus getriebenem Kupfer abtropfen lassen. Ein Familienerbstück, das erst seiner Großmutter und dann seiner Mutter gehört hatte. Aus Zucker, Wasser und Vanille hatte er Sirup gekocht, fünf Minuten ohne Rühren. Anschließend hatte er die Kastanien hinzugegeben, eine nach der anderen, eine Minute gewartet, die Flamme abgedreht und 24 Stunden beiseite gestellt. Und sie wieder eine Minute gekocht.

Und am folgenden Tag noch mal.

Giavazzi entzündete die Gasflamme für den letzten Kochvorgang. Am nächsten Tag würde er sie auf einem Rost mindestens drei Stunden trocknen lassen. Danach würde er sie sorgfältig untersuchen, ob sie keine Risse hatten, und jeweils sechs Stück in luftdicht verschließbare Gläser legen. Vor dem Verschließen würde er sie mit Cognac übergießen, bis sie ganz bedeckt waren. Dann würden sie darauf warten, im Winter genossen zu werden.

Er goss sich ein zweites Glas Wein ein und zwang sich, langsam zu trinken. Es hatte ihm wirklich leidgetan, Bruno vor vollendete Tatsachen zu stellen, aber es war wichtig gewesen, dass er es mit eigenen Augen sah. So war das mit den Affären: Man musste mit der Nase auf die Realität gestoßen werden, sonst glaubte man es nicht. Er hatte es sofort gespürt. Als Wachmann auf der Piazza Aspetti war man unsichtbar, gehörte zur Umgebung wie eine Bank. Niemand nahm ihn noch wahr. Aber ihm entging nichts. Alle kamen an den Lauben vorbei, dem Zentrum des Dorflebens. Dort waren das Rathaus, die Modeboutiquen, die Pasticceria Cavour, das erste

Haus am Platz, und die Bank, die ihn bezahlte, damit er auf das von ihr verwaltete Geld aufpasste. Ein ruhiger Arbeitsplatz. Seit Ende der 1990er-Jahre hatte es keinen Banküberfall mehr gegeben, in einem Tal mit einer einzigen Zufahrtsstraße, die noch dazu ständig mit Autos und Lastwagen verstopft war, ergab das wenig Sinn. Er hielt trotzdem seine Augen offen. Zwar beobachtete er keine verdächtigen Personen oder Autos, aber dafür seine geschätzten Mitmenschen. Er hatte gelernt, ihre Körpersprache und die Blicke zu lesen. Und Letztere hatten Federica Pesenti und Stefano Clerici verraten. Er hatte wiederholt gesehen, wie sie sich leidenschaftliche Blicke zugeworfen hatten, die so gar nicht zu einer üblichen Begrüßung und einem angedeuteten Lächeln passten. Als er eines Abends nach einer verlorenen Partie Karten aus der Bar gekommen war, hatte er an einer roten Ampel anhalten müssen, zufällig direkt hinter ihrem Auto. Und da man im Dorf von nichts anderem als dem Anschlag auf den Ehemann sprach, sie aber in die entgegengesetzte Richtung der gemeinsamen Villa unterwegs gewesen war, war er ihr gefolgt. Er hatte geahnt, dass sie sich mit Clerici treffen würde. Und er hatte recht behalten.

Er hatte eine Weile über die Sache nachgedacht und sich schlussendlich verpflichtet gefühlt, Manera von seiner Entdeckung zu erzählen. Er hatte von Anfang an nicht an Piscopos Theorie geglaubt. Diesen arroganten Süditaliener hatte er noch nie ausstehen können. Warum akzeptierte er nicht, dass auch er eine Uniform trug und der Gemeinschaft diente? Er behandelte ihn stets gönnerhaft, aber bei den wenigen Gelegenheiten, wo sie beruflich miteinander zu tun gehabt hatten, war der Maresciallo respektlos gewesen. Bei der Manera-Geschichte war es noch schlimmer, schamlos hatte er im Dorf bösartige Gerüchte verbreitet. Dem armen Teufel zu helfen, war seine Chance, dem Carabiniere eine Lektion zu erteilen. Auch wenn er selbst allzu gerne die goldene Flamme an der Mütze getragen hätte. In die Armee einzutreten, hätte es ihm ermöglicht, aus dem Tal herauszukommen und überall in Italien stationiert zu werden. Vielleicht hätte er Lucia nicht getroffen und sie hätten sich nicht bei den Klängen von Adamos *La notte* das erste Mal geküsst und sich versprochen, ihren ersten und einzigen Sohn nach dem Sänger zu benennen. Aber die Armee hatte seine Bewerbung abgelehnt und er war schließlich in einer privaten Firma als Wachmann untergekommen. In beruflicher Hinsicht nichts Besonderes oder Außergewöhnliches. Privat war es nach seiner Heirat mit Lucia und Adamos Geburt erheblich schlimmer gekommen. Aber jetzt, das erste Mal nach all diesen Jahren, hatte er die Hoffnung, dass sein Leben mit der Aufklärung des Mordversuchs an Manera eine neue Richtung bekommen könnte. Anerkennung durch ein Mitglied der besseren Gesellschaft würde seinen Stellenwert im Dorf beträchtlich erhöhen.

Er öffnete die Anrichte im Wohnzimmer und nahm ein Glas Marrons glacés aus dem letzten Jahr heraus. Er hielt es ins Licht, um zu sehen, ob alle in Ordnung waren, dann rollte er es in Weihnachtspapier ein und versah es mit einer silbernen Schleife.

Bruno konnte sich nicht beherrschen und fuhr gegen elf Uhr abends in die Villa zurück. Es war ihm nicht gelungen, Manlio Giavazzis Rat zu befolgen und Trost darin zu finden, sein Geld aus dem Fenster zu werfen. Auf halbem Weg zwischen dem Dorf und der Stadt war er in ein Restaurant eingekehrt, über das er in einer Gourmetzeitschrift gelesen hatte. Er hoffte, dass ihn niemand erkannte, aber das Humpeln verriet ihn, zumal sein Bild oft genug in den Zeitungen und lokalen Fernsehsendern zu sehen gewesen war. Aber er war viel zu sehr mit seinen eigenen Gedanken beschäftigt, um sich an den Blicken der anderen zu stören. Er war felsenfest davon überzeugt, dass Federica mit Stefano Clerici Schluss gemacht hatte, er hatte die Szene mit eigenen Augen gesehen, und sah eine reale Chance, dass sie zu ihm zurückkam. Er war bereit, ihr zu verzeihen, wie er in seinem fingierten Notizbuch geschrieben hatte. Er war bereit, die Realität zu ignorieren, was er suchte, war ein Ausweg, eine Möglichkeit, nach all dem Leiden ein neues Leben zu beginnen. Mehr verlangte er nicht. Die Gedanken rasten ihm durch den Kopf, das übertrieben freundliche und unangemessene Verhalten der Kellnerin lenkte ihn ab. Als er das Restaurant verließ, hatte er schon fast vergessen, wie das Essen geschmeckt hatte, nur die Aromen des *Semifreddo alle castagne* an Kakischaum und Pistazien-Crumble hatte er noch im Mund. Es war nicht schlecht gewesen, zumindest passte es zur Jahreszeit, aber wieder einmal kam er zu der Erkenntnis, dass Desserts die Achillesferse italienischer Restaurants waren. Nie wirklich auf der Höhe der Gänge davor, eine süße Pflicht als Abschluss. Außerdem konnte man bei der Zuckerbäckerei nicht improvisieren, besser man blieb beim Bewährten, einem guten Kastanienkuchen zum Beispiel, wie der auf toskanische Art seiner Mutter, mit Rosinen, Pinienkernen, Nüssen und Rosmarin. Voller Erinnerungen bog er in die Straße ein, die zu seinem Haus führte. Im Haus war alles dunkel und Federicas Auto stand nicht in der Einfahrt, was die Rückkehr in die Realität noch grausamer machte. Er hatte erwartet, dass sie zu Hause ungeduldig auf ihn warten würde, um alles zu klären und sich zu entschuldigen. Und sich in seine Arme zu werfen.

„Ich benehme mich wie ein kleiner Junge", sagte er laut in die Stille des Hauses hinein.

Dann suchte er das Notizbuch, fand es an seinem Platz und steckte es in die Jackentasche. Es wurde Zeit, es verschwinden zu lassen. Ohne das Licht anzumachen, setzte er sich auf das Sofa, suchte eine Position, in der er weniger Schmerzen hatte, und wartete bis halb vier, als endlich das Auto seiner Frau zu hören war.

Er empfing sie im Flur und versuchte die Wahrheit in ihren Augen zu finden, aber sie hielt den Blick gesenkt, ging wortlos an ihm vorbei, stieg die Treppe hoch und schloss sich im Schlafzimmer ein. Nur ihr Duft blieb in der Luft, Alkohol und etwas Undefinierbares, ein Geruch, der wohl Clerici gehörte, wie Manera annahm.

Er griff nach dem Handy, das er für die Kommunikation mit Giavazzi benutzte. Der Wachmann hatte ihm geraten, nicht sein eigenes zu verwenden, da es wahrscheinlich von den Carabinieri abgehört wurde. Er hatte nur eine einzige Nummer gespeichert. Manlio meldete sich mit verschlafener Stimme: „Was ist los, Bruno?"

„Federica ist gerade nach Hause gekommen und hat mir nicht mal ins Gesicht sehen können. Ich verlasse sofort das Haus."

„Es tut mir leid, ich habe gehofft, sie würde die Situation klären wollen. Aber wenn die Lage so ist, dann verschwinde aus dem Dorf an einen Ort, an dem dich keiner findet. Warten wir ab, was passiert. Und ich werde in der Zwischenzeit meine Ermittlungen weiterführen, wenn du erlaubst."

„Selbstverständlich, aber pass auf, die Typen sind bewaffnet."

„Das bin ich auch", gab der Wachmann mit einer gewissen Arroganz zurück, „aber so weit wird es nicht kommen, du kannst beruhigt sein."

Bruno Manera packte ein paar Sachen in einen Koffer, nicht gerade rücksichtsvoll, der Schlaf seiner Frau war ihm egal.

Obwohl er müde war und seine Schulter und sein Bein schmerzten, setzte er sich ins Auto und bog auf die Autobahn Richtung Cortina ein, wo er ein luxuriöses Chalet unweit der Stadtmitte gekauft und renoviert hatte. Eine Chance, die er sich nicht hatte entgehen lassen, nachdem ihm Gerüchte zu Ohren gekommen waren, das Dolomitenstädtchen könnte erneut Austragungsort der Olympischen Winterspiele werden. Ursprünglich hatte er geplant, es Federica zum nächsten Geburtstag zu schenken, aber jetzt war es ein gutes Versteck. Niemand wusste davon, hier wäre er sicher und könnte sich die Wunden lecken. Und wenn er länger bleiben würde, könnte er seine Reha in einer renommierten Orthopädischen Klinik fortsetzen.

2

Federica schreckte hoch. Sie hatte furchtbare Kopfschmerzen. Zu viel French 75. Champagner und Gin zu mischen war nie eine gute Idee. Nach ihrem Gespräch mit Stefano hatte sie nicht den Mut gehabt, nach Hause zu fahren, sondern war mit einer Gruppe Freundinnen losgezogen, die sich einen feuchtfröhlichen Samstagabend in der Stadt machen wollten. Sie hatte mitgetrunken, so getan, als würde sie sich amüsieren, allein mit dem Ziel, sich zu betäuben und die beiden Männer in ihrem Leben für einige Stunden zu vergessen.

Sie war verwirrt, sie wusste nur, dass sie sich Bruno gegenüber fürchterlich benommen hatte, und schämte sich schrecklich. Nicht, weil sie mit Clerici ins Bett gegangen war. Er hatte ihr immer schon gefallen, schon seit der Schulzeit, als sie sich kennengelernt hatten. Er war ihr erster „richtiger" Freund gewesen und sie hatte ihn nie vergessen. Nach ihrer zufälligen Begegnung in der Bank hatte sie dafür gesorgt, dass sie ihn wiedersehen konnte, ohne Bruno. Mithilfe von Aurora Bellizzi, der Eigentümerin der Boutique Le Chic, eine von Clericis Verehrerinnen, hatte sie den Finanzberater im Cavour zum Aperitif getroffen. Sie war neugierig gewesen. Ihr Ex war nicht verheiratet, lebte allein und hatte kein Interesse an einer festen Beziehung. Und sie hatte wissen wollen, warum. Im Tal galt ein Junggeselle als Exzentriker und irgendwann stempelte man ihn als Schwuchtel ab. Das galt sicher nicht für den gut aussehenden Stefano, der wahrlich wusste, wie man eine Frau glücklich machte. Federica war da keine Ausnahme. Er war der Einzige, mit dem sie im Bett richtig Spaß hatte. Mit Bruno dagegen war Sex ein Desaster. Sie hatte einen Mann geheiratet, den sie im Bett nicht leiden konnte. Und das hatte sie selbst zu verantworten, sie hatte ja sofort mit ihm vor den Altar treten müssen. Bruno hatte viele andere Qualitäten und sie hatte die Hoffnung gehabt, dass die Zeit und die Gewohnheit den Weg zum Genuss schon frei machen würden. Leider empfand das nur Bruno so.

Stefano hatte Fragen nach seinem Privatleben elegant umschifft, aber kein Hehl daraus gemacht, an einer Affäre mit ihr interessiert zu sein. Er hatte es nicht eilig gehabt. Im Gegenteil. Er hatte ihr diskret den Hof gemacht, wie ein Märchenprinz, der die bedauernswerte Jungfrau aus den Fängen eines unromantischen Ehemanns rettet. Als sie schließlich im Bett gelandet waren, hatte Federica der Sex mit ihm noch besser gefallen als in Jugendtagen. Einen Augenblick lang hatte sie sogar mit dem Gedanken gespielt, Bruno zu verlassen. Das Problem war nur, dass die Pesentis es ihr nie verziehen hätten, sie zum Gespött des ganzen Tales gemacht zu haben. Außerdem wären ihre Eltern strikt dagegen, da Stefano der Neffe eines Abteilungsleiters in der Fabrik war. „Jetzt wollen wir mal nicht übertreiben", hatte ihre Mutter gesagt, als sie von Federicas kühnen Ideen erfuhr, „mit der Belegschaft geht man nicht ins Bett und gründet auch keinen gemeinsamen Hausstand."

Zum Glück hatten die Turbulenzen um Bruno einen Grund geliefert, sich von ihm zu trennen. Aber Stefano hatte sie gewarnt. Manera musste in der Vergangenheit jemandem auf die Füße getreten sein und „zudem zirkuliert in diesem Gewerbe viel schmutziges Geld, das sicher nicht aus ehrlicher Arbeit stammt". Später wurde dieses Gerücht von Maresciallo Piscopo bestätigt, der wegen Brunos Geschäftsreisen nach Mexiko und der mittelamerikanischen Herkunft seiner ersten Frau eine Verbindung zu den dortigen Drogenbossen konstruiert hatte. Während ihrem Mann im Krankenhaus die Kugeln aus dem Körper entfernt und die Knochenbrüche zusammengeflickt wurden, hatte Piscopo angedeutet, dass „der Manera" sie nur geheiratet hatte, um sich hinter ihrem guten Namen zu verstecken und in ein einsames Tal zurückzuziehen, in dem es kaum Kriminalität gab.

Stefano, ihre Familie und ihre Freunde waren sich einig: Diesen Verbrecher sollte man am besten seinem Schicksal überlassen. Natürlich erst nachdem sie ihn finanziell ausgenommen hatte. Als materielle und moralische Wiedergutmachung für die Gefahr, der er sie ausgesetzt hatte. Stefano hatte sich mit dem von Federica beauftragten Scheidungsanwalt getroffen, um die Forderungen auf der Basis von Brunos Vermögen zu beziffern.

Dem Rat des Anwalts folgend hatte Federica es abgelehnt, in ihr Elternhaus zu ziehen, obwohl sie die Anwesenheit ihres Mannes nicht mehr ertrug, sonst hätte man sie womöglich beschuldigen können, ihren Mann während seiner Rekonvaleszenz im Stich gelassen zu haben. Sie musste sich auf ein langes und herausforderndes Scheidungsverfahren einstellen, denn Bruno Manera würde sicherlich alle Hebel in Bewegung setzen und renommierte Anwälte mit der Wahrnehmung seiner Interessen beauftragen.

Doch nachdem sie dieses verdammte Notizbuch gelesen hatte, war die Situation eine andere. An Federica nagte der Zweifel. Konnte es sein, dass ihr Mann doch unschuldig war? Sie hatte das Bedürfnis, mit ihm zu sprechen und sich dafür zu entschuldigen, dass sie so grausam zu ihm gewesen war.

Ihre Schläfen pochten vor Schmerz und sie stand auf, um zwei Schmerztabletten zu nehmen. Sobald es ihr besser ging, würde sie die vertrackte Situation bereinigen, für die sie gesorgt hatte. Ihr blieb nur, die Affäre mit Stefano zuzugeben und in aller Deutlichkeit ihre Unschuld an dem Komplott gegen Bruno zu beteuern. Als sie ihren Geliebten mit dem im Notizbuch geäußerten Verdacht konfrontiert hatte, hatte er eine Beteiligung empört zurückgewiesen. „Du kennst mich, so weit würde ich niemals gehen", hatte er mit Tränen in den Augen versichert, „du musst deinen Mann davon überzeugen, dass ich nichts damit zu tun habe. Sonst bin ich am Ende."

Schließlich hatten sie heftig gestritten, was in ihrer Beziehung noch nie vorgekommen war. Stefano schien es nur darum zu gehen, selbst gut dazustehen, und er bestand darauf, dass Federica bestimmte Dinge zu sagen und andere zu verschweigen hatte.

Sie hatte sich gewehrt. Sie hatte die Ausflüchte satt, aber er hatte nicht aufgehört zu reden und sie war gegangen. Als er sie im Garten festhalten wollte, hatte sie ihn sogar von sich weggestoßen. Seit ihrer Kindheit hatte sie niemanden mehr körperlich angegriffen, aber es tat ihr nicht leid. Im Gegenteil. Stefano war ein Feigling, ein richtiger Mann wäre zu Bruno gefahren und hätte die Sache klargestellt. Ihr Geliebter war zwar gut im Bett, aber wenn es darum ging, der Realität ins Auge zu sehen, war er ein Versager. Sie war wütend und enttäuscht. Mit Stefano konnte man sich nur dann wohlfühlen, wenn man nicht unter die Oberfläche schaute.

Als sie nach unten ging, bemerkte sie, dass die Tür zum Gästezimmer, in dem Bruno seit seiner Rückkehr aus dem Krankenhaus schlief, weit offen stand. Die Schranktür war offen, Kleidungsstücke lagen am Boden. Sie hastete zum Fenster, durch das man in den Garten sah. Brunos Auto war weg. Dazu das fehlende Notizbuch: Ihr Verdacht wurde zur Gewissheit, ihr Mann war verschwunden. Sie fluchte, rannte ins Schlafzimmer und griff nach ihrem Handy, doch Bruno war nicht zu erreichen.

In diesem Augenblick verstand sie, dass Stefano nicht der einzige Feigling war. Auch sie hatte nicht den Mut gehabt, sich ihrem Ehemann zu offenbaren. Selbst dann nicht, als sie erst im Morgengrauen nach Hause gekommen war und er erwartungsvoll vor ihr gestanden und auf ein Zeichen gewartet hatte, auf ein Wort, auf einen Blick. So war es schon immer gewesen, Problemen war sie möglichst aus dem Weg gegangen und eigene Fehler hatte sie nur ungern zugegeben. Aber jetzt war ihr klar, dass sie die Grenze überschritten hatte. Sie suchte in der Küchenschublade nach Medikamenten gegen den Kater, ein glänzendes Tütchen für den Magen und Ibuprofen, um den Presslufthammer in ihrem Kopf zu dämpfen. Dann ging sie wieder ins Bett, wartete auf die Wirkung und schwor sich, dass sie in Zukunft die Finger von bestimmten Longdrinks lassen würde.

Stefano Clerici hatte wenig und schlecht geschlafen und war gespannt, wie das Gespräch zwischen Federica und ihrem Mann ausgegangen war. Als er das Läuten an der Tür hörte, beeilte er sich aufzumachen, er war sich sicher, dass es sich um seine Geliebte handelte.

Aber stattdessen stand ein untersetzter Mann um die fünfzig vor dem Tor, in einem verknitterten dunklen Anzug, unter dem ein weißes Hemd und eine grellbunte Krawatte leuchteten. Er hielt ein Päckchen in der Hand.

„Guten Tag", grüßte er, „mein Name ist Giavazzi."

Stefano hätte ihn ohne Uniform fast nicht erkannt. Vielleicht sah er ihn überhaupt das erste Mal in Zivil. Er fragte ihn nach dem Anlass seines Besuchs und der Wachmann antwortete, er wolle mit ihm über eine delikate Angelegenheit sprechen.

„Wenn es sich um etwas Geschäftliches oder eine Finanzberatung handelt, dann bitte ich Sie, einen Termin im Büro zu vereinbaren."

Der Mann schüttelte den Kopf. „Es handelt sich um Sie, *Dottore*."

Clerici fluchte leise, drückte jedoch trotzdem den Knopf, um das Tor zu öffnen, fest entschlossen, den Störenfried so schnell wie möglich loszuwerden. Giavazzi betrat fast ein wenig devot das Haus. Ein bisschen aus der Zeit gefallen, dachte Stefano, während er ins Wohnzimmer ging. Der Wachmann wirkte wie ein Pächter, der dem Gutsbesitzer seine Aufwartung macht und ihm ein Geschenk überbringt.

Clerici setzte sich auf das Sofa und der Gast in den Sessel. Er bot ihm mit Absicht keinen Kaffee oder ein Glas Wasser an und betonte, dass er es eilig hatte. Aber Giavazzi hörte ihm gar nicht zu. Er packte sein Geschenk aus, ein Glas Marrons glacés, stellte es in die Mitte des niedrigen Tisches zwischen ihnen und öffnete es vorsichtig.

„Die sind aus dem letzten Jahr", erklärte er, „die neuen sind noch nicht so weit. Ich möchte, dass Sie eine probieren und mir dann sagen, was Sie davon halten."

„Es ist zehn Uhr morgens", erwiderte sein Gegenüber.

Der Wachmann achtete nicht darauf. „Ich mache sie seit acht Jahren, seit dem Tod meines Sohnes Adamo. Als er starb, war er siebzehn."

Clerici erinnerte sich vage an die Geschichte, er hatte sie in der Zeitung gelesen. Aber er war nicht in der Stimmung, sich das Lamentieren eines Unbekannten anzuhören, doch dazu war es zu spät.

„Er litt an Bulimie, so nennt man das", begann Giavazzi zu erzählen, „Stück für Stück hat er sein Leben in sich hineingefressen. Seine Mutter und ich haben versucht, ihm zu helfen, aber bewirkt haben wir nichts. Eine unendlich lange Reihe von Fehlern. Zuerst haben wir die Situation unterschätzt, dann haben wir überall Hilfe gesucht, bei unserem Hausarzt und später bei allen möglichen Spezialisten. Vergebens, Adamo stopfte alles in sich hinein. Eines Tages hat er mir Geld aus dem Portemonnaie gestohlen, ist in die Konditorei gegangen und hat sich wer weiß wie viele Gläser in Cognac eingelegte Marrons glacés gekauft. Als wir von der Arbeit zurückkamen, haben wir ihn auf dem Bett gefunden, den offenen Mund voller halb zerkauter Kastanien, der Sirup lief ihm das Kinn hinunter. Auf dem Totenschein stand, er wäre von dem vielen Alkohol ohnmächtig geworden und erstickt. Als ich ihn aus dem Leichenschauhaus geholt habe, hat mir der Pathologe gesagt, dass er in seinem Magen einen Brei aus Kastanien, Cognac und Zucker gefunden hatte. Adamo hat sich zu Tode gefressen, während ich vor der Bank gestanden habe, um Ihre Geschäfte und Ihr Geld zu schützen. Und seine Mutter kellnerte. Zwei Sklaven. Mein Junge musste sterben, weil seine Eltern unglücksselige Ignoranten waren, unfähig und überfordert. Dabei dachten wir, wir hätten es im Griff. Den Tod des eigenen Kindes zu überleben ist eine Strafe Gottes, die ich niemandem wünsche. Wir Eltern haben es nicht geschafft, die Situation gemeinsam zu bewältigen, uns gegenseitig die Schuld gegeben und uns schließlich gehasst."

Clerici sprang auf. „Es tut mir leid, Signor Giavazzi, aber ich verstehe nicht, warum Sie mir das alles erzählen." Er hätte gerne noch hinzugefügt, dass es geschmacklos war, ein Glas Marrons glacés mitzubringen, aber er hielt sich zurück. Wer weiß, ob der Mann überhaupt noch klar denken konnte.

Ungehalten über die Unterbrechung, fixierte ihn Giavazzi und sagte: „Gestern wartete Bruno Manera hier draußen, er wusste, dass seine Frau bei Ihnen war. Ich bin später dazugekommen, genau richtig, um Ihren Streit im Garten mitzukriegen."

Clerici war wie versteinert. Giavazzi musste der Mann sein, der Manera im Krankenhaus von seiner Affäre mit Federica erzählt hatte.

Giavazzi deutete auf das Glas. „Sicher, dass Sie nicht probieren wollen?"

Clerici brauchte Zeit zum Nachdenken und nutzte die Chance. „Ich hole zwei Teller."

Er nahm an, dass sein Besucher Schweigegeld wollte, was aber sinnlos war, denn der Betrogene wusste ja Bescheid, durch den Wachmann selbst. Noch verwirrter als zuvor, kehrte er ins Wohnzimmer zurück, öffnete das Glas und bot Giavazzi eine Kastanie an. Der schüttelte den Kopf. „Sie sind für Sie, *Dottore*. Sagen Sie mir, ob sie so gut schmecken, dass man sich damit zu Tode fressen kann."

Der ist verrückt, dachte Clerici, aber er gab nach und während er kaute, wurde ihm klar, dass er keine Antwort auf die Frage hatte. Und stellte eine Gegenfrage: „Warum sind Sie hier?"

„Ich dachte, das wäre klar. Um Sie aufzufordern, keine weiteren Fehler zu machen. Und um Sie zu warnen", antwortete Giavazzi, der von Clericis Naivität überrascht war. „Sie beide haben sich dilettantisch verhalten. Jetzt ist Ihre Affäre aufgeflogen und ich befürchte, dass Sie den Kopf verlieren und panisch reagieren. Kommen Sie ja nicht auf die Idee, Bruno erneut zu bedrohen, oder schlimmer noch, ihn aus dem Weg räumen zu wollen. Wie auch immer Ihr Plan aussieht, hier und jetzt ist Schluss, sonst werden Sie vor Gericht landen. Zerstörte Familien, zerstörtes Leben. Der gute Name der Familie Pesenti wird für immer beschmutzt sein, die armen Eltern werden vor Scham das Haus nicht mehr verlassen."

Stefano Clerici war in der Tat ein Dilettant. Das zeigte sich an seiner Reaktion auf Giavazzis Behauptungen, er wäre in das Komplott gegen Manera verwickelt. Es gab keinerlei Beweise, nur Rückschlüsse aus Federicas Verhalten, die sich nach der Lektüre des Notizbuchs nicht gegen die erhobenen Vorwürfe gewehrt hatte. Clerici war in der Annahme, dass der Wachmann noch andere Informationen hatte, in die Falle gegangen. Deshalb suchte er nach einer Möglichkeit herauszufinden, was genau Giavazzi wusste, um die eventuell nötigen Gegenaktionen zu planen. Um besser dazustehen, musste er sich jetzt rechtfertigen, das war klar.

„So weit sollte es nicht kommen, ich wollte nur, dass Manera so rasch wie möglich von hier verschwindet. Ich gebe zu, das war eine verrückte Idee, aber ich konnte die Vorstellung nicht ertragen, dass Federica weiterhin mit diesem Alten unter einem Dach lebt … Sie hatte von all dem keine Ahnung."

„Mit den Taschen voller Geld", meinte Giavazzi und zeigte einmal mehr, dass er Bescheid wusste, „ein Großteil von Ihnen verwaltet, wie Bruno mir erzählt hat."

„Ich wollte nur, dass Federica bei der Trennung ihren Anteil erhält, so wie das Gesetz es vorsieht, das liegt doch auf der Hand." Eine schamlose Lüge.

Doch die finanziellen Aspekte der Angelegenheit interessierten Giavazzi nicht, er wechselte das Thema: „Wer sind die beiden Schläger, die Bruno einschüchtern sollten?"

Erst jetzt wurde Clerici klar, dass er ihm auf den Leim gegangen war. Offensichtlich hatte der Wachmann keine Ahnung, die Frage war der beste Beweis.

„Ich bin ein solcher Idiot", seufzte er.

„Kann sein, aber das macht Sie nicht weniger gefährlich. Nennen Sie mir die Namen."

Sein Gegenüber seufzte. „Es waren die Vardanegas."

„Michi und Robi? Aber das sind gute Jungs", sagte Giavazzi überrascht.

„Das dachte ich auch."

Giavazzi bat um ein Glas Rotwein und Clerici machte eine gute Flasche auf. Vielleicht war dieser Schnüffler sogar eine Hilfe, um unbeschadet aus dem von ihm verursachten Dilemma herauszukommen. In der Nacht, als sein Rivale schwer verletzt worden war, war er sich bewusst geworden, wie idiotisch sein Plan gewesen war. Manera ging ihm zwar auf die Nerven, aber er hätte es bei den zerstochenen Reifen und der Brandstiftung belassen sollen. Federica gehörte ohnehin ihm und nach einer gewissen Zeit würde er das Vermögen verwalten, das sie nach der Scheidung bekäme, was seinen finanziellen Rahmen erheblich erweitern würde. Er würde sich nicht mehr mit den lächerlich bescheidenen Beträgen begnügen müssen, die er jetzt für sich abzweigte. Das war zwar weder legal noch moralisch korrekt, erschien ihm aber als gerechte Entschädigung für die Borniertheit der Familie Pesenti, die es niemals zulassen würde, dass ihre einzige Tochter eine offizielle Beziehung zu ihm hatte. Was wäre falsch daran, wenn Federica für ihr Glück bezahlte? Als sie sich zufällig in der Bank getroffen hatten, hatte er sofort gewusst, dass sie eine Affäre haben würden. Manera war wesentlich älter und machte nicht den Eindruck, als hätte er Lust auf „Spielchen" im Bett. Denn das hatte Federica schon früher gefallen. Sehr sogar. Sie mochte Rollenspiele beim Sex und forderte das auch von ihrem Partner ein. Nicht jedem gefiel das. Er wusste um die Fantasien seiner Ex und weder er noch sie wollten sich diese Chance entgehen lassen.

Stefano hatte nie geheiratet, weil er auf die Chance wartete, auf der sozialen Leiter nach oben zu klettern, als Ehemann einer verwöhnten Tochter einer altehrwürdigen Familie, die durch die Wirtschaftskrise in finanzielle Schieflage geraten war. Dann hätte er bei der besseren Gesellschaft den Fuß in der Tür, bei Leuten, die wirklich zählten, eine Grundvoraussetzung, um seine beruflichen Kompetenzen voll ausspielen und sich um das Geld anderer kümmern zu können. Und er könnte im Tal bleiben, die Stadt interessierte ihn nicht. Und zwar als reicher Mann, mit allem, was dazugehörte. Er würde Federica nicht zum Altar führen können, aber sie würde ihm trotzdem nützlich sein, weil sie hellwach, gut integriert und beliebt war.

Er roch am Korken und beschloss, ab jetzt seine Trümpfe besser auszuspielen. Er würde nicht auf das verzichten, was ihm zustand. Dazu war er zu jung.

Giavazzi schmeckte der Wein. „Um die Vardanegas kümmere ich mich."

„Und Manera?"

„Bruno ist ein guter Mensch, aber er ist ein Städter, er weiß noch nicht, wie die Dinge hier laufen. Wir müssen die Sache unter uns Einheimischen klären und weiteres Leid vermeiden. Ihn interessiert ohnehin nur, ob seine Frau von den Anschlägen auf ihn gewusst hat."

Stefano Clerici hob abwehrend die Hände: „Auf keinen Fall, ich schwöre, bei meiner Ehre."

Der Wachmann erwiderte nichts, stand auf und ging zur Tür. Unvermittelt drehte er sich um. „*Dottore*, Sie müssen Federica jetzt alles sagen."

Clerici erblasste. „Ist das nicht gefährlich?"

„Ganz im Gegenteil. Sie muss wissen, dass der gute Name ihrer Familie auf dem Spiel steht. Wenn Sie nicht wollen, erledige ich das gerne für Sie", sagte Giavazzi mit einer gewissen Häme.

Clerici reichte ihm die Hand und versprach, ihm baldmöglichst Bescheid zu geben. „Danke", fügte er noch hinzu und versuchte, es aufrichtig klingen zu lassen.

Dann schaute er dem Wachmann nach, der durch den Garten ging und in ein Auto stieg, dessen Farbe mit der Zeit verblasst war. Er wusste nicht, was er von all dem halten sollte, es fiel ihm schwer, seine Gedanken zu ordnen. Die Zügel waren ihm entglitten, denn Giavazzi hatte recht, er war ein Dilettant. Und jetzt war er gezwungen, all das zurückzunehmen, was er Federica am Vortag geschworen hatte. Ob sie ihm das verzeihen würde? Schwer vorstellbar. „Nur Geduld. Ich muss mich damit abfinden. Hauptsache, sie bleibt meine Klientin."

Er suchte nach seinem Handy und rief Federica an, die aber in diesem Augenblick offenbar keine Lust auf Geständnisse hatte. „Bruno hat die Koffer gepackt und ist gegangen", schrie sie in den Hörer, „und sein Handy ist ausgeschaltet. Ich muss mit ihm reden, verstehst du? Ich muss mich dafür entschuldigen, dass ich ihn betrogen habe und nicht den Mut hatte, ihm zu sagen, dass ich ihn nicht liebe und die Hochzeit ein Fehler war ..."

Federica sprach hektisch, ohne Punkt und Komma, Clerici hatte Schwierigkeiten, ihr zu folgen. „Ich muss dich sehen", drängte er.

„Was ist passiert?", fragte sie alarmiert.

„Vielleicht habe ich gestern nicht die ganze Wahrheit gesagt."

Sie verstand sofort. „Verdammte Scheiße, Stefano, wie konntest du nur?", stammelte sie, bevor sie in Tränen ausbrach. Ohne noch etwas zu sagen, legte sie auf. Sie würde ihm nicht verzeihen, da war er sich sicher.

Der Platz vor der Chiesa di San Vincenzo e Sant'Alessandro hatte sich in der grellen Sonne aufgeheizt. Man hatte eher den Eindruck, im Frühling zu sein, als im Herbst. Manlio Giavazzi drehte sich um und betrachtete die Hügel, die das Dorf dominierten. Die Bäume verloren erst allmählich ihre Blätter, noch überwog das Grün gegenüber dem Gelb und dem Braun. Rund um sein Haus hatte er Schwärme von Wespen bemerkt, die Haselnussernte versprach gut zu werden. Das waren alles Zeichen für einen bevorstehenden strengen und schneereichen Winter, wenn man einem Sprichwort glauben wollte, das immer noch unter den Bauern und Viehzüchtern im Tal verbreitet war. Und er saß gerne vor dem offenen Kamin und genoss die Wärme der lodernden Flammen. Dann fühlte er sich weniger allein. Einer der wenigen Momente, in denen er Frieden fand, die den Schmerz und die Bitterkeit darüber linderten, den einzigen Sohn überlebt zu haben. Lucia fehlte ihm nicht so sehr, aber eine Frau an seiner Seite hätte ihm trotzdem gefallen, denn die Einsamkeit war wie ein grausames Tier. Aber wer wollte das schwere Kreuz einer qualvollen Vergangenheit mit ihm teilen? Noch dazu ohne den Trost einer soliden finanziellen Absicherung? Mit seinem dürftigen Gehalt und dem baufälligen Haus konnte er sich höchstens eine Südamerikanerin oder eine Osteuropäerin ins Haus holen, aber das würde Gerede geben. Man würde ihn als „Unglücksraben" bezeichnen, als einen, der sich dazu herabgelassen hatte, sich mit einer Hure „aus dem Ausland" einzulassen, weil keine Frau aus dem Tal ihn genommen hatte. Wenn der Drang allzu groß wurde, leistete er sich eine Prostituierte, aber dafür musste er weit fahren, damit ihn niemand erkannte. Hätte man ihn erwischt, wäre er seinen Job los gewesen. Die Valle Securitas verlangte von ihrem Personal moralisch einwandfreies Verhalten.

Er schaute auf die Uhr. Noch ein paar Minuten und die Messe wäre zu Ende, genau um zwölf Uhr mittags. Es war der Hauptgottesdienst am Sonntag und das halbe Dorf war anwesend. Auch Michele und Roberto mit ihren Familien.

Zuerst kamen die Kinder aus der Kirche, dann die Erwachsenen, die miteinander plauderten, sich aber nicht lange aufhielten, um pünktlich zum Mittagessen zu Hause zu sein. Im Tal saß man schon immer Punkt halb eins am Tisch, nur die aus dem Süden und die Ausländer aßen später.

Er bemerkte Roberto, aber ihn interessierte der andere. Er ging ihm mit einem leichten Lächeln auf den Lippen entgegen, um ihn in Sicherheit zu wiegen.

„Ciao, Michele."

„Buongiorno, Signor Manlio."

„Bei der Beerdigung meines Sohnes hast du geweint, daran erinnere ich mich noch gut", sagte er und streckte ihm die Hand entgegen.

Michele wurde rot. „Wir waren Freunde."

„Du bist ein guter Junge und der Name deiner Familie wird respektiert. Deshalb müssen wir reden."

Roberto hatte die Szene beobachtet, trat von hinten an Giavazzi heran, packte ihn am Arm und zwang ihn, sich umzudrehen. „Was zum Teufel willst du? Schickt dich dieses Arschloch von Riga?", zischte er drohend.

Der Wachmann wurde wütend, vielleicht hatte er sich erschreckt, auf jeden Fall war er überrascht. „Fausto Righetti? Was habt ihr mit diesem Verbrecher zu tun?"

Michele stellte sich zwischen die beiden. „Hör auf, Robi, siehst du nicht, dass das Signor Manlio ist, der Vater von Adamo?"

Roberto trat einen Schritt zurück. „Entschuldigen Sie, entschuldigen Sie, ich habe Sie von hinten nicht erkannt und mit jemand anderem verwechselt."

Der Wachmann setzte ein beruhigendes Lächeln auf. „Nach dem Mittagessen kommst du bei mir vorbei", flüsterte er Michele zu.

„Natürlich, sehr gerne."

Giavazzi wartete, bis die beiden gegangen waren. Dann schaute er noch einmal auf die Hügel: Und es kommt ein neuer Winter, dachte er voller Vertrauen und ging auf die Osteria Due Torri zu, in der er jeden Sonntag zu Mittag aß. Er wechselte einige Worte mit der Besitzerin und setzte sich dann an seinen üblichen Tisch ganz hinten im Gastraum. Die Kellnerin brachte ihm eine Flasche Cabernet und machte sich gar nicht erst die Mühe, eine Bestellung aufzunehmen. Er aß immer dasselbe: einen Teller Wurstaufschnitt vorab, dann Ravioli mit einer Fleisch-Rosinen-Amaretti-Füllung und schließlich geschmortes Kaninchen mit Polenta. Und da gerade Saison war, zum Nachtisch ein Stück Süßkartoffelkuchen.

Der Wachmann aß mit Genuss. Nicht mal die Begegnung auf dem Kirchplatz hatte ihm den Appetit verderben können. Gutes Essen und die Wärme des Weins machten ihm gute Laune. Und es bereitete ihm Freude, die anderen Gäste zu beobachten, Familien, Paare, Freunde. Zwischen einem Bissen und dem nächsten saugten seine Ohren und Augen alles auf, die Gespräche, die lächelnden Gesichter, das Lachen und die gegenseitige Sympathie, all das, was ihm fehlte. Der Moment nährte, er brauchte ihn, um weiterzumachen, um sich einzubilden, dass er auch dazugehörte.

Er legte drei Zehn-Euro-Scheine und zwei Euro Trinkgeld auf den Tisch und verließ mit einem Zahnstocher im Mundwinkel die Osteria. Ein fast vergessener Brauch, auf den er auf keinen Fall verzichten wollte. Mit einem Zahnstocher im Mundwinkel zeigte man, dass es einem geschmeckt hatte. Dann setzte er sich auf eine Bank an der Straße zur Piazza Asperti und zündete sich eine Zigarette an, ein weiteres Sonntagsritual. Es gefiel ihm, aus der Ferne seinen Arbeitsplatz zu betrachten und sich vorzustellen, wie er die Bank bewachte.

Schließlich ging er langsam nach Hause, stellte die Espressokanne auf den Herd und öffnete ein Glas Marrons glacés, damit sich die Aromen entfalten konnten.

Michele war pünktlich. Er aß einige Kastanien und goss sich den Sirup in den Kaffee. Giavazzi nutzte die Gelegenheit, ihn zu fragen, ob sie so gut waren, dass man sich daran zu Tode essen konnte.

„Es war ein Unfall, Signor Manlio. Sie müssen Ihren Frieden damit machen", antwortete Michi ruhig, der Adamo gut gekannt und dem sein Tod leidgetan hatte. Er verstand die Erbitterung, mit der der Vater nach Antworten suchte.

Giavazzi fragte nicht weiter. Ihm fehlte der Mut. Er hätte sich gerne die Schuld dafür gegeben, dass sich sein Sohn umgebracht, sich den Todesstoß gegeben hatte, nachdem er seinen Körper jahrelang gequält und unmäßig aufgebläht hatte. Und dass er als Vater versagt hatte.

Eines Tages würde er sich jemandem anvertrauen müssen, dachte er.

„Warum wollten Sie mich sprechen, Signor Manlio?", fragte Michele und riss ihn aus seinen Gedanken.

„Ich versuche die Sache unter uns zu regeln", sagte Giavazzi, „um zu verhindern, dass es weitere Vorfälle gibt, sodass selbst ein Idiot wie Piscopo kapiert, dass ihr auf Bruno Manera geschossen habt."

Michi erstarrte. „Woher wissen Sie das?"

„Von Clerici", antwortete Giavazzi knapp und vermied es, näher darauf einzugehen, wie er es erfahren hatte.

„Wir sind keine Kriminellen."

„Das weiß ich. Deshalb reden wir ja und suchen nach einer Lösung."

„Ich hätte mich Clerici nicht anvertrauen sollen, der kann so gut reden, dass er sogar das Denkmal des unbekannten Soldaten überzeugen könnte. Aber der größte Fehler war, Robi mit reinzuziehen. Sie kennen ihn ja, er ist wirklich nicht ganz dicht."

„Was ist an diesem Abend passiert?"

„Clerici hat uns 3000 Euro gegeben, damit wir Manera Angst machen, aber der hat Panik bekommen und den Lauf der Pistole gepackt, Robi wollte ihn zum Schweigen bringen und hat angefangen zu schießen."

„Woher wusstet ihr, dass Bruno zu dieser Uhrzeit nach Hause kommen würde?"

„Clerici hat uns Bescheid gesagt."

„Er hat euch angerufen?"

„Ja, auf dem Handy."

Giavazzi schüttelte den Kopf. „Ihr seid ja so was von dilettantisch. Damit macht ihr die Sache komplizierter." Er goss sich noch etwas Kaffee ein. „Und Riga?", fragte er und steckte den Löffel in die Zuckerdose.

„Er hat uns die Pistole geliehen und jetzt vermutet er, dass wir den armen Mann damit verletzt haben, und verlangt den Namen des Auftraggebers. Er wittert das große Geld und hat rein gar nichts verstanden. Er glaubt, dass die Familie Pesenti hinter allem steckt."

Giavazzi nahm einen Schluck Kaffee, bevor er darauf einging. „Riga hält sich für schlau, dabei ist er ein Vollidiot. Sonst wäre er nicht im Knast gelandet. Aber trotzdem war er der Letzte, an den ihr euch hättet wenden dürfen."

„Vorbei ist vorbei, Signor Manlio. Meinen Sie wirklich, dass Sie uns helfen können?"

„Sicher, aber du musst auf deinen Cousin aufpassen. Heute Morgen war er schon wieder unberechenbar."

„Ich kümmere mich um ihn", sagte Michi, „es ist keine gute Zeit, wir sitzen auf der Straße und wenn Robi keine Arbeit hat, wird er nervös."

„Für Jobs muss Clerici sorgen, immerhin hat er euch das eingebrockt, so leicht kommt er nicht davon. Ich rede mit ihm darüber."

Just in diesem Moment wurde Michi klar, dass er gar nicht genau wusste, welche Rolle Giavazzi eigentlich in dieser Sache spielte und welchen Nutzen er daraus zog. „Sagen Sie mal, wie kommen Sie eigentlich zu dieser Geschichte?"

„Ich bin ein Mann der Vorsehung. Ein Segen für euch", antwortete er mit einem angedeuteten Lächeln, ohne wirklich überzeugend zu klingen. Michi gab sich trotzdem damit zufrieden, bedankte sich wortreich und verabschiedete sich, wie es sich gehörte. Dann ging er zur Tür.

Der Hausherr setzte sich auf seinen Lieblingssessel und dachte nach. Das „Von-Pontius-zu-Pilatus-Laufen" war noch nicht zu Ende, er musste noch mit Riga sprechen. Es ging nicht anders. Dieses Miststück witterte leicht zu verdienendes Geld, er würde nicht lockerlassen. Giavazzi streckte die Beine aus und beschloss, ein Schläfchen zu machen. Der Sonntag war noch lang und er würde am späten Abend mit Righetti sprechen. Zu manchen Menschen ging man erst, wenn es dunkel war.

Michele Vardanega parkte vor dem Haus, stieg aber nicht gleich aus. Er betrachtete ein Fenster im zweiten Stock und rauchte eine Zigarette. Dort stand Sabrina und warf ihm einen fast gelangweilten Blick zu, den er nach all den Jahren nur zu gut kannte und fürchtete. Er hatte nach der Attacke auf Manera ein paar Tage geschwiegen, aber sie hatte geahnt, dass etwas nicht stimmte. Eines Morgens, Aurelio hatte noch geschlafen, hatte er ihr die Wahrheit gestanden. Frauen haben einen siebten Sinn, ihnen kann man nichts verheimlichen. Er hatte alles erzählt, auch die Angst und die Scham, die ihn quälten.

„Hör auf zu jammern und benimm dich wie ein Mann", hatte ihn Sabrina angefahren und sich dann um Aurelio gekümmert.

Nachdem sie ihrem Sohn eine Gutenachtgeschichte erzählt hatte, war sie noch mal auf das Thema zurückgekommen. Michele hatte auf dem Sofa gesessen und so getan, als würde er Fußball schauen, sein Herz hatte wie wild geklopft. Sie hatte sich neben ihn gesetzt. „Ich hoffe, dass du mich nicht falsch verstanden hast", hatte sie gesagt und ihn am Arm gepackt, „du weißt doch, dass ich noch ein Kind haben und nur noch Mutter und Hausfrau sein will, ich habe es satt, diesen reichen Hühnern die Haare zu waschen. Aber das heißt nicht, dass ich dir erlaubt habe, dass du womöglich in den Knast wanderst, nur weil du Geld beschaffen willst. Und das werde ich auch nicht. Wir sind ehrliche Leute und du als Familienoberhaupt bringst das Geld mit ehrlicher Arbeit nach Hause. Harte anstrengende Arbeit. So machen Männer das."

„Ich weiß, Sabrina, aber …"

„Halt den Mund, ich bin noch nicht fertig", sie hatte den Tonfall gewechselt, „wenn du dich entschieden hast, lieber kriminell zu werden und das Gelübde zu brechen, das du in der Kirche vor Gott und unseren Familien abgelegt hast, dann verlasse sofort dieses Haus, verschwinde aus dem Tal und lass dich nie wieder blicken. Wenn es aber nur ein Ausrutscher war, dann sieh zu, dass du dieses Problem aus der Welt schaffst und dich nicht dein Leben lang schämen musst."

Mehr hatte sie nicht gesagt und seitdem schweigend darauf gewartet, dass er alles regelte. Immer mit diesem Blick, wie jetzt vom Fenster aus.

Roberto war es besser ergangen. Sabrina hatte ihrer Schwester sofort von der Heldentat ihrer Ehemänner erzählt. Alessia hatte so getan, als wäre sie sauer und würde sich Sorgen machen, aber im Grunde hatte es ihr gefallen zu wissen, dass sie einen Mann mit Eiern hatte, einen, der im Fall der Fälle auch den Abzug drückte. Zum Glück hatten sie keine Kinder. Sabrina kannte den wahren Grund, aber Michi vermutete, sein Cousin könne keine Kinder zeugen. Was irgendwie auch ein Segen war.

Fausto Righetti hatte dafür gesorgt, dass sich die Lage zugespitzt hatte. Signor Manlio hatte recht. Riga war der Letzte, an den sie sich hätten wenden sollen, aber wer hätte ihnen sonst erklären sollen, wie man ein Auto knackt oder an eine Pistole kommt? Jetzt hatte Riga sich in den Kopf gesetzt, den Auftraggeber zu erpressen, er war überzeugt, dass Maneras Ehefrau Federica Pesenti dahintersteckte. Damit hatte Michele nicht gerechnet und deshalb nicht sofort reagiert. Riga hatte ihn mit den Verbrechen, die sie begangen hatten, und den entsprechenden Strafen konfrontiert, vor allem für versuchten Mord, und ihm geraten, sich an die Person zu wenden, die sie überhaupt in diese Lage gebracht hatte. Ohne jeden Skrupel ging Riga davon aus, dass man aus der Pesenti einiges herauspressen konnte, um sich für die prekäre Lage bezahlen zu lassen, in die sie durch ihre Schuld geraten waren. Michele war nicht darauf eingegangen, immerhin hatte er ein wenig Zeit schinden können, indem er dem Vorschlag stammelnd zugestimmt hatte. Ohne weiter nachzudenken, hatte er Robi von Righettis Forderungen erzählt, was sich als Fehler herausgestellt hatte. Roberto hatte prompt etwas von Mord und Höhlen in den Hügeln gefaselt. Er war nicht mehr er selbst und erinnerte an einen dieser Hunde, die, sobald sie einmal einen Menschen angegriffen hatten, alle Hemmungen verloren und immer wieder dazu bereit waren.

Michi stieg widerwillig aus dem Auto und ging ins Haus. Sabrina wandte ihm den Rücken zu, sie stand immer noch am Fenster. Aurelio spielte auf dem Boden. Er streichelte seinem Sohn über den Kopf und ging dann zu seiner Frau. „Signor Manlio wird uns helfen."

„Was hat der denn damit zu tun?", fragte sie, ohne sich umzudrehen.

„Das weiß ich nicht genau, aber er ist ein guter Mensch. Er wird Clerici bitten, mir einen Job im Tal zu besorgen."

„Es sind immer die anderen, die etwas für dich tun müssen, du schaffst es nie allein."

„Du bist ungerecht."

„Wirklich?"

Er wusste nicht, was er sagen sollte, und sie drehte sich endlich um. „Spiel mit Aurelio und benimm dich wie ein Vater."

Sabrina zog sich um. Üblicherweise blieb sie sonntags zu Hause, damit Michele ins Taiocchi gehen konnte, um mit seinen Freunden auf der Großbildleinwand Fußball zu schauen. Aber jetzt war sie es, die das Geld nach Hause brachte.

3

Giavazzi war überrascht, dass es klingelte. Das geschah nur selten, vor allem sonntags. Bestimmt ein Prediger irgendeiner Sekte, vermutete er, dass er Federica Pesenti gegenüberstehen würde, hatte er nicht erwartet. Er bemerkte sofort, wie blass sie war, die Frisur zerzaust, sie trug kaum Make-up und hatte offensichtlich geweint. Außerdem war sie nicht so elegant gekleidet wie sonst.

„Entschuldigen Sie, dass ich unangemeldet komme, aber ich muss mit Ihnen reden."

„Bitte, kommen Sie herein", beeilte er sich zu sagen und öffnete die Tür, dabei verfluchte er die Unordnung, die überall herrschte.

Er führte sie ins Wohnzimmer und bat sie, auf dem Sofa Platz zu nehmen. „Kann ich Ihnen einen Kaffee oder ein paar Marrons glacés anbieten? Ich mache sie selbst, sie schmecken köstlich."

„Ich möchte Ihnen keine Umstände machen", murmelte sie.

Federica war offensichtlich verstört und Giavazzi beschloss, ihr Zeit zu geben, um sich wieder zu fassen. Er ging in die Küche, holte ein Glas eingelegte Kastanien und einen Dessertteller vom guten Geschirr. Dann polierte er mit einem Handtuch die Dessertgabeln, die er seit Lucias Auszug nicht mehr benutzt hatte.

Federica wartete, bis er alles serviert hatte, dann teilte sie die Kastanie graziös in vier Teile und probierte. „Gut", sagte sie.

Giavazzi dachte, dass sie das sowieso gesagt hätte. So waren die Pesentis eben, stets höflich und stilvoll. Es war wirklich eine Freude, ein so wohlerzogenes Mitglied der guten Gesellschaft bei sich zu Gast zu haben.

„Ich habe nichts damit zu tun, man hat mich reingelegt", sprudelte es aus ihr heraus, sie schien das Bedürfnis zu haben, sich zu rechtfertigen.

„Daran hatte ich nie einen Zweifel."

„Als mir Stefano die Wahrheit gesagt hat, war es mir wichtig, gleich zu Ihnen zu kommen", erklärte Federica, „ich hätte gerne vorher mit Bruno gesprochen, aber sein Handy ist ausgeschaltet. Ich habe Freunde und Bekannte in der Stadt angerufen, aber niemand weiß, wo er ist. Hat er sich vielleicht bei Ihnen gemeldet?"

„Nein, Signora, tut mir leid."

„Entschuldigen Sie die Frage, aber soweit ich verstanden habe, hatten Sie in letzter Zeit viel miteinander zu tun."

„Ich bin der einzige Freund, den er im Dorf hat, der Einzige, auf den er zählen kann", erwiderte der Wachmann stolz, „aber Ihr Mann hat mich nicht informiert, was er vorhat. Ich habe ihn seit gestern Morgen weder gesehen noch mit ihm gesprochen. Ich bin mir sicher, dass er Sie bald kontaktieren wird."

„Es ist überaus großzügig, dass Sie Stefano helfen wollen, sich aus dieser Situation zu befreien", sagte sie zurückhaltend.

Sie wollte mehr über seine Motive herausfinden. „Aber ich bin mir nicht sicher, ob das richtig ist. Das Ganze ist eine schwerwiegende Angelegenheit, vielleicht sollten wir doch Piscopo informieren."

Giavazzi hob abwehrend die Hand, eine entschiedene Geste, die sie verstummen ließ. „Eines möchte ich klarstellen, Signora Manera", sagte er und betonte den Namen ihres Ehemannes, „ich helfe weder Clerici noch den Vardanegas, noch Ihnen, sondern Bruno, der ein wirklich guter Mensch ist. Und ich möchte, dass der gute Ruf der Familie Pesenti nicht leidet. Mein Vater hat erst für Ihren Großvater und dann für Ihren Vater gearbeitet, von der Lehre bis zur Rente, und ich kann nicht akzeptieren, dass der Name Pesenti wegen einer so üblen Geschichte in den Medien landet und es Gerede gibt. Bruno verdient es nicht, dass seine Frau vor Gericht gezerrt wird, als Zeugin oder, schlimmer noch, als Beschuldigte. Ich bin mir sicher, dass Sie nichts damit zu tun haben, aber man weiß nie, was die Richter daraus machen. Vielleicht wird Clerici Sie beschuldigen, die Vardanegas bezahlt zu haben, nur damit er selbst besser dasteht. Und dann kommt alles ans Licht, bis in jedes Detail, Sie beide wären gezwungen, das Tal zu verlassen, die Gerüchte würden Sie weiterverfolgen, von der Scham ganz zu schweigen."

Federica schlug die Hände vors Gesicht und begann den Kopf zu schütteln. Sie war am Ende ihrer Kräfte. Giavazzi murmelte ein paar entschuldigende Worte wegen seiner Heftigkeit und ging in die Küche, um ihr ein Glas Wasser und sich ein Glas Rotwein zu holen.

„Ich bin durch Zufall in die Geschichte geraten", begann er, nachdem er ein paar Schlucke getrunken hatte, „mir hätte das egal sein können, aber das wäre nicht richtig gewesen. Man hilft sich untereinander im Dorf und dieses Ärgernis kann ohne großes Aufsehen aus der Welt geräumt werden."

„Und wie?", fragte Federica verwundert. „Bruno will Gerechtigkeit, mit Entschuldigungen wird er sich nicht zufriedengeben."

Der Wachmann lächelte. „Ihr Mann liebt Sie so sehr, dass ihm alles recht ist, Hauptsache, Sie kommen zu ihm zurück und sind bereit für einen Neuanfang. Er wird die Sache vergessen und Ihnen verzeihen. Sie müssen natürlich die Affäre mit Clerici beenden, der, wenn Sie gestatten, ein elender Schuft ist, hat er doch zwei bisher unbescholtene junge Männer dazu getrieben, immer schlimmere Verbrechen zu begehen."

„Sie haben recht, das ist mir heute klar geworden, als er den Mut hatte, mir alles zu erzählen."

Giavazzi lachte bitter. „Verehrte Signora, dazu habe ich ihn gezwungen. Von selbst hätte er das nicht getan, das können Sie mir glauben."

Das war zu viel für Federica. Der Mann, wegen dem sie den Kopf verloren hatte, hatte sie schamlos betrogen. Sie fühlte sich so erniedrigt, dass sie ihn nicht mal hassen konnte.

Der Wachmann kam ihr mit einer Notlüge zu Hilfe, er wünschte, sie wäre wahr. „Wir alle machen Fehler. Meine Fehler und die meiner Ex-Frau haben zum Tod unseres Sohnes geführt, aber das Leben gibt uns immer eine zweite Chance, man muss sie nur ergreifen. Und dazu haben Sie jetzt die Gelegenheit."

Federica hatte genug, banale Ratschläge halfen ihr auch nicht weiter. Sie stand auf. „Ich danke Ihnen für alles, was Sie für mich tun, und hoffe, mich eines Tages dafür erkenntlich zeigen zu können."

„Grüßen Sie Ihren Vater von mir", erwiderte Giavazzi betont selbstlos und großzügig.

Federica stieg ins Auto. Auf dem Weg nach Hause wurde ihr klar, dass die Einzige, die am Ende schlecht dastehen würde, sie selbst war. Nicht nur, dass ihr Geliebter sie belogen und ausgenutzt hatte, sie müsste auch wieder mit einem Mann ins Bett gehen, den sie nicht mehr liebte. Aber nur so hatte sie eine Chance. Sie würde Bruno Manera in den kommenden Jahren bei Laune halten müssen, und das nur, damit dieser Arsch von Clerici und die Vardanegas ruhig schlafen konnten, zwei Typen, die sie nicht einmal kannte. Aber Giavazzi hatte recht. Wenn die Wahrheit ans Licht käme, wären die Folgen für sie und ihre Familie dramatisch. Aber dass sie die Einzige war, die dafür bezahlen musste, war grausam und ungerecht. Und dabei hatte sie sich nur einen Geliebten gesucht. So ein Opfer konnte man nur von einer Frau verlangen. Statt in ihre Villa fuhr sie zu ihrem Elternhaus, dorthin, wo sie geboren worden war und wo sie sich geliebt und beschützt fühlte. Ihre Mutter wäre glücklich und würde keine Fragen stellen. Sie konnte es sowieso kaum erwarten, dass ihre Tochter ihren halbseidenen Ehemann verließ.

Einige Stunden später war Giavazzi zu Riga unterwegs. Das Auto hatte er mindestens 300 Meter von dessen Haus entfernt in einer Seitenstraße geparkt. Es gab verschiedene Gründe, warum er lieber nicht gesehen werden wollte, aber vor allem verbot ihm sein Arbeitsvertrag den Kontakt mit einem Vorbestraften. Mit einer Taschenlampe bewaffnet ging er auf das Haus zu und schaute durch die Fenster. Wie es aussah, war Righetti allein. Er lag auf dem Sofa vor dem Fernseher, eine Bierflasche und Zigaretten griffbereit. Es musste ein lustiger Film sein, denn hin und wieder brach er in lautes Lachen aus. Giavazzi beobachtete ihn eine Weile, dann klopfte er an die Tür.

Als Fausto ihn erkannte, vergewisserte er sich erst einmal, ob der Wachmann allein gekommen war. „Du hast dich in der Tür geirrt, Giavazzi."

„Lass mich rein, wir müssen reden."

„Über was?"

„Über die Pistole, die du den Vardanegas geliehen hast."

„Haben die beiden Jungs etwa Angst bekommen und sich bei einem zweitklassigen Hilfsbullen ausgeweint?", fragte Riga und ließ ihn herein.

Giavazzi mied das Sofa und setzte sich auf einen der Stühle am Tisch. Er sah sich um. „Du bist auch allein, was?"

„Seitdem meine Frau mich mit unserer Tochter verlassen hat, zahle ich eine ungarische Hure, dass sie ab und zu herkommt und wir auf glückliches Paar machen", gab sein Gegenüber zu. „Aber ich frage mich, was schlimmer ist: so zu leben wie ich oder sich mit einer Gleichaltrigen zu langweilen, mit der im Bett nichts mehr läuft und die dir von morgens bis abends auf die Eier geht."

Giavazzi ging nicht darauf ein und beschloss, gleich zur Sache zu kommen: „Was zum Teufel hast du dir dabei gedacht, die Vardanegas unter Druck zu setzen?"

„Ich wollte nur mal die Lage checken, um zu sehen, ob da auch für mich noch ein bisschen Kohle rausspringt", erwiderte

Riga. „Ich bin nicht blöd und weiß genau, dass ich die Höchststrafe bekomme, wenn ich wieder vor Gericht landen sollte. Du kannst die beiden beruhigen, die sehen mich nicht wieder."

„Ich will die Pistole."

„Vielleicht habe ich sie weggeworfen."

„Quatsch", knurrte Giavazzi und zog ein Bündel Fünfzig-Euro-Scheine aus der Tasche. „Das sind 500. Ich kaufe sie dir ab."

„Wozu brauchst du sie?"

„Ich werde sie aus dem Verkehr ziehen. Ich bin mir bei dir nicht sicher, was sonst damit passiert."

„Was hast du eigentlich mit der ganzen Sache zu tun?"

„Ich versuche die ganze Sache wieder in Ordnung zu bringen. Unter uns."

„Klar. Aber du wirst nicht mal was dabei verdienen. Oder gibt dir jemand Geld?"

„Niemand. Außerdem geht dich das nichts an. Die Pistole?"

„Vielleicht reichen die 500 nicht."

„Mehr hab ich nicht."

„Das Geld ist von dir? Dein Ernst?"

„Ja. Und jetzt beeil dich."

Fausto Righetti stand auf und griff nach der Bierflasche, die auf dem Wohnzimmertisch stand. Er nahm einen Schluck und schaute dann zum Fernseher.

„Okay", sagte er dann, „ich habe sie in der Fabrik im alten Ofen versteckt, ich lege mir eine Knarre ja nicht unters Bett."

„Dann holen wir sie."

„Es ist dunkel, morgen früh ist es besser."

„Morgen muss ich arbeiten. Außerdem müssen Leute wie du da doch nicht lange überlegen."

Riga fluchte, zog eine Jacke über und griff nach dem Hausschlüssel.

„Wo steht deine Karre?"

„Ziemlich weit weg, wir nehmen besser deine", schlug der Wachmann vor, der annahm, dass sie Nebenstraßen nehmen würden, um Polizeikontrollen zu vermeiden.

Rigas BMW war nicht neu, aber doch in besserem Zustand als sein Auto. „Verbrechen lohnt sich", stellte Giavazzi fest und strich über die Ledersitze.

„In meinem Fall nicht wirklich."

„Sei nicht so bescheiden."

„Na ja, ihr Koks kaufen sie in der Stadt."

„Erzähl mir nicht, dass du dich mit dem Verleihen von Pistolen über Wasser hältst."

„Nein, aber das geht dich nichts an. Nur weil wir einen Deal haben, sind wir noch lange keine Freunde."

Giavazzi nickte und schwieg. Nach einer Weile kam die verlassene Fabrik in Sicht.

Riga hielt an und parkte in der Nähe des Trockenraums. Er stieg aus, schob einige Ziegel beiseite und zog eine Plastiktüte mit dem Aufdruck einer bekannten Supermarktkette heraus. Als er zurückkam, zitterte er vor Kälte und hielt dem Wachmann die Tüte hin.

Der knipste die Innenraumbeleuchtung an und zog den öligen Lappen mit der Pistole heraus. Es handelte sich um eine alte Kaliber 7.65 aus tschechoslowakischer Produktion, die

Kennnummer war entfernt worden, das Kaliber stimmte mit den Hülsen überein, die man in Maneras Garten gefunden hatte. „Eine erbärmliche Knarre, ein Wunder, dass sie überhaupt geschossen hat", meinte er.

„Ich leihe sie immer nur Leuten aus, die damit drohen, aber nicht wirklich den Abzug ziehen müssen."

„Ich wette, du hast sie irgendwo im Dorf geklaut, sonst hättest du dir nicht die Mühe gemacht, die Nummer abzufeilen."

Riga zuckte mit den Schultern. „Ich habe sie von einem Junkie, im Tausch gegen ein, zwei Tütchen. Keine Ahnung, woher sie kommt. Wie willst du sie loswerden? In den Fluss werfen?"

Giavazzi schüttelte den Kopf. „Ich will Schwierigkeiten vermeiden und halte mich an die Spielregeln. Zuerst nehme ich sie auseinander, dann entsorge ich die Einzelteile getrennt und weit genug weg."

„So wie du redest, klingst du nicht gerade wie ein Ordnungshüter."

Giavazzi deutete auf die Straße: „Fahr los, ich hab jetzt genug von dir."

„Du wolltest was von mir", sagte Riga pikiert.

Zu Hause angekommen, bemerkte Giavazzi, dass er noch gar nicht zu Abend gegessen hatte. Obwohl es für seine Verhältnisse schon spät war und ihm das Essen vielleicht schwer im Magen liegen würde, beschloss er, einige Polentaschnitten zu rösten, dazu gab es Kürbis und Salami in Weinblättern. Beim Essen beobachtete er die Pistole vor sich auf dem Tisch, mit der Bruno Manera angeschossen worden war. Der Geruch nach Waffenöl war trotz des Essensdufts deutlich wahrzunehmen. Das erinnerte ihn an Lucia, die sich immer beschwert hatte, wenn er seine Waffe reinigte. Meist am Sonntagabend, einmal in der Woche war mehr als ausreichend.

Plötzlich wurde er von einem Geräusch abgelenkt, er hatte eine Nachricht bekommen. Er stand auf, um nach seinem Handy zu suchen, das er immer irgendwo ablegte und dann vergaß.

Die SMS war von Federica Pesenti, die ihm mitteilte, dass sie vorübergehend bei ihrer Mutter wohnte, und ihn bat, das auch Bruno mitzuteilen, wenn er mit ihm sprechen würde. Er antwortete nicht sofort, würde das aber bald nachholen. Zuerst musste er diesen intensiven Tag abschütteln. Schon lange nicht mehr hatte er an einem Sonntag so viele Menschen getroffen. Er zündete sich eine Zigarette an, dann eine zweite.

Bruno Manera aß zur selben Zeit mit einem slowenischen Unternehmerpaar zu Abend, Dane und Alenka Zlobec, die an seinem Chalet interessiert waren. Dass Cortina Austragungsort der Olympischen Winterspiele werden würde, war inzwischen fast sicher und die Immobilienpreise schossen nach oben, es wimmelte von Spekulanten, die fast jedes Objekt zu kaufen bereit waren. Manera wollte das Chalet eigentlich behalten. Die beiden hatte er über einen gemeinsamen Bekannten kennengelernt, einen Hotelbesitzer, und sie hatten darauf bestanden, ihn in ein renommiertes Restaurant auszuführen. Zuerst hatten sie ihr Interesse telefonisch bekundet und er hatte freundlich, aber bestimmt abgelehnt, dann war Alenka persönlich bei ihm vorbeigekommen. Sie hatte ihn gebeten, die Wohnung besichtigen zu dürfen, und er hatte nachgegeben.

Einmal aus Höflichkeit, aber auch weil ihm ihr Lächeln gefiel. Danach hatte sie ihn zum Essen eingeladen und ihm war keine glaubhafte Ausrede eingefallen, und um einfach abzulehnen, war er zu gut erzogen.

Während Dane Zlobec eher langweilig und fast ein wenig penetrant wirkte, war Alenka eine ausgesprochen angenehme Gesprächspartnerin. Sie hatte in Triest studiert und sprach mit dem für die Stadt typischen Akzent. Sie war eine gebildete Frau, liebte italienische Literatur und Filme, aber als ihr auffiel, dass ihn diese Themen kaum interessierten, wechselte sie elegant das Thema. Bei einem Glas Rum mit Bitterschokolade, der letzte Schrei in Sachen Nachtisch, deutete Dane an, dass er davon überzeugt war, dass Bruno in finanziellen Schwierigkeiten steckte, vor allem nach dem Attentat und dem Bekanntwerden der Untreue seiner Frau. Bruno war aufgestanden, hatte sich bei Alenka mit Handkuss verabschiedet, um ihr zu verstehen zu geben, dass es nicht ihre Schuld war, und wandte sich dann zum Ausgang.

Die Nacht war kalt, aber er atmete tief durch. So verärgert war er gar nicht. Auch er hatte bei Verhandlungen um interessante Immobilien hier und da Insiderwissen über die familiäre oder wirtschaftliche Situation der Verkäufer eingesetzt, aber nie so direkt. Die Probleme anderer erwähnte man nicht. Das Kaufangebot sprach für sich.

Er beschloss, nicht gleich ins Chalet zurückzukehren, sondern noch in Ruhe ein Glas in einer Bar zu trinken. Er lehnte das Angebot einer gut aussehenden russischen Escortdame ab, sich neben ihn zu setzen, bestellte einen Long Island und erfuhr dabei, dass dieser Drink etwa 250 Kalorien hatte. Auf der

Karte waren, neben dem Preis, die Kalorien angegeben, für den Fall, dass der Gast auf seine Figur achtete.

Der Barmann verstand sein Handwerk, der Drink war ausgezeichnet. Manera saß auf einem Barhocker, etwas zusammengesunken, denn die Position war ungünstig für sein Knie, das immer noch nicht ganz wiederhergestellt war. Aber er wollte den Moment genießen, weit weg von seiner Frau und dem Dorf.

Ein Mann wie ich sollte eigentlich hier leben, sagte er sich, Schönheit, Luxus, Diskretion. Niemand interessiert sich, wer du bist, sondern nur dafür, was du dir leisten kannst. Wenn Manlio Giavazzi bei seiner Recherche keinen Erfolg hätte, würde er nicht zurückgehen. Er würde den Fall einem Anwalt übergeben und das Panorama und das kurzweilige Leben in Cortina genießen, so lange, bis er sich richtig erholt hatte. In jeder Hinsicht. Das Handy, das er für die Kommunikation mit Giavazzi nutzte, vibrierte in seiner Tasche, einen Moment lang war er unentschlossen, ob er drangehen oder das Gespräch auf den nächsten Tag verschieben sollte.

„Ciao Bruno, alles in Ordnung?"

„Ich bin am Boden zerstört, wie du dir vorstellen kannst."

„Vielleicht hat dein Leiden bald ein Ende."

„Was meinst du damit?"

„Wie versprochen, habe ich Ermittlungen angestellt und heute die Wahrheit herausgefunden. Es war gar nicht schwer."

„Federica?", fragte Manera mit wild klopfendem Herzen.

„Sie hat nichts damit zu tun. Ich habe mit ihr gesprochen, sie ist sehr traurig und im Moment bei ihren Eltern", versicherte ihm der Wachmann.

„Unschuldig." Bruno genoss das Wort und verlor den Faden. „Entschuldige, kannst du das wiederholen?", fragte er nach einer Weile.

Giavazzi schnaubte. „Ich sagte gerade, das Ganze ist ziemlich kompliziert, es sind mehrere Personen beteiligt, mit mehr oder weniger Verantwortung, ich muss dir das in Ruhe erklären. Danach entscheidest du, wie du vorgehen möchtest. Kannst du morgen am späten Nachmittag zurückkommen?"

„Auch vorher, wenn du möchtest."

„Ich arbeite bis sechs und könnte eine Stunde später bei dir sein."

„In Ordnung."

„Es ist wichtig, dass niemand von deiner Rückkehr erfährt. Ich weiß, dass Federica dringend mit dir reden und sich vor allem entschuldigen möchte, aber du darfst sie nicht kontaktieren, bevor ich dir gewisse Details erklärt habe."

„Kein Problem, ich lasse das Handy ausgeschaltet."

„Dann bis morgen."

Manera hätte gerne noch seine Dankbarkeit für seine Dienste ausgedrückt, aber Giavazzi hatte schon aufgelegt. Ohne ihn wäre er als Verlierer und am Boden zerstört aus dieser Sache herausgegangen. Er verdankte ihm viel, sehr viel, und er wusste, dass er sich erkenntlich zeigen musste, aber wie? Manlio Giavazzi schien ein komplizierter Mensch zu sein. Vielleicht kannte er ihn aber nur nicht gut genug. Er würde später noch genug Zeit haben, sich ihm gegenüber von seiner besten Seite zu zeigen, das Wichtigste jetzt war, die Beziehung zu Federica zu kitten. Sie war bereit, sich zu entschuldigen. Und er würde ihr verzeihen.

4

Wie immer war Manlio Giavazzi eine Viertelstunde vor Ankunft der Bankangestellten auf seinem Posten. Inzwischen wusste er genau, wann wer kommen würde. Der Direktor war immer ein paar Minuten zu früh da. Kam er dagegen zu spät und meldete sich vorher nicht, war es die Aufgabe des Wachmanns, die Zentrale zu verständigen. In diesem Fall handelte es sich womöglich um Entführung: Kriminelle hatten die Familie als Geiseln genommen, um ihn zu erpressen, den Safe auszuräumen.

Sofort danach kam Giuseppina Maraschi, eine Angestellte mit vorbildlicher Dienstauffassung, dann Clerici. Als Giavazzi ihn sah, winkte er ihn zu sich. Der Finanzberater blickte sich unschlüssig um, ob er reagieren sollte, aber der Wachmann ließ nicht locker, also ging er zu ihm.

„Sie müssen Jobs für die Vardanegas finden", sagte Giavazzi nach einer kurzen Begrüßung. „Das sind Sie ihnen schuldig."

Clerici hätte ihn gerne daran erinnert, seinen Teil der Abmachung erfüllt und die beiden wie ausgemacht bezahlt zu haben, aber er hütete sich davor, dieser Nervensäge zu widersprechen. „Das ist gerade schwierig und das wissen Sie auch."

„Ich weiß nur, dass Sie täglich Kontakt mit den Unternehmern aus der Region haben. Es kostet Sie doch nichts, ein gutes Wort für die beiden einzulegen."

Aus dem Augenwinkel bemerkte Clerici eine Kollegin, die ihre Schritte verlangsamte und neugierig zu ihnen hersah. Dass jemand stehen blieb, um sich mit dem Wachmann zu unterhalten, war in der Tat ungewöhnlich.

„In Ordnung, ich schau mal, was möglich ist", zischte Clerici und wollte weitergehen.

Aber Giavazzi war noch nicht fertig. „Gestern war Signora Manera bei mir. Sie schien mir Ihnen gegenüber nicht sehr wohlgesonnen."

„Das geht vorbei. Ich bin mir sicher, unsere Beziehung wird wieder", wiegelte Clerici ab, in der Hoffnung, das Gespräch sei damit zu Ende.

„Sie können sich einen Streit nicht leisten. Am Ende verliert einer die Nerven oder den Kopf und plaudert etwas aus. Und dann ist es zu spät."

„Ich verstehe nicht, worauf Sie hinauswollen."

„Ihre Ex-Geliebte hat herausgefunden, dass Sie sie hintergangen und hinter ihrem Rücken ein Komplott angezettelt haben. Dass sie sich rächen wird, steht außer Frage. Das Wichtigste ist, dass sie nicht zu weit geht, sonst landen Sie im Gefängnis."

„Für sie steht zu viel auf dem Spiel."

„Vielleicht haben Sie mich nicht richtig verstanden. Gestern hat sie mich gefragt, ob wir nicht besser Piscopo von Ihren Machenschaften informieren sollten."

Stefano wurde blass. „Ist sie verrückt geworden?"

„Der Verrückte sind Sie, Dottore Clerici, wer sich so etwas ausdenkt, kann nicht klar im Kopf sein."

„Was soll ich tun, um Federica zu besänftigen?"

„Nichts. Gehen Sie ihr einfach aus dem Weg."

„Gut", er nickte, bevor er sich umdrehte und mit lauter Stimme sagte: „Ich verlasse mich auf Sie, Giavazzi, haben Sie ein Auge auf unsere Autos, ich habe gehört, dass Zigeuner im Tal unterwegs sind."

„Machen Sie sich keine Sorgen, Dottore", gab der Wachmann ebenso laut zurück, „mir entgeht nichts."

Dieser Clerici ist ein Blender, dachte er. Wie man hörte, war er ein guter Finanzberater, aber in dieser Angelegenheit machte er eine schlechte Figur. Er brauchte Führung. Nur gut, dass er auf ihn hörte.

Manera verließ Cortina am frühen Nachmittag. Es war ein sonniger Tag und er hatte den Morgen auf der Terrasse verbracht und die Aussicht auf die schon verschneiten Gipfel genossen. Dabei hatte er ein paar Mal die alte Joni-Mitchell-CD gehört, die ihm seine erste Frau Annabelle geschenkt hatte. Sie hatten in Heathrow Zwischenstopp gemacht und während sie in der Schlange beim Einchecken standen, hatte sie ihm die CD in die Tasche gesteckt. „Sie wird dir gefallen", hatte sie ihm ins Ohr geflüstert, „Joni hat eine weiche Sopranstimme und auch die Texte sind wunderschön."

Sehnsucht wallte in ihm auf, Bruno ließ sich von den Erinnerungen wegtragen. Er verfluchte das Schicksal, das ihm Annabelle genommen hatte.

Jetzt kehrte er zu Federica zurück. Die Frau, die er in zweiter Ehe geheiratet hatte und von der er immer noch glaubte, sie zu lieben. Jedenfalls sagte er sich das. Er versuchte sich auf das Fahren zu konzentrieren, um die Angst zu unterdrücken, die ihn mehr und mehr umtrieb, je näher er dem Dorf kam.

Er seufzte erleichtert, als er die Fernbedienung betätigte, um die Einfahrt zu seiner Villa zu passieren. Es dauerte eine Weile, bis sich das Tor öffnete, währenddessen betrachtete er die dunklen Fenster und die Fassade, auf der noch immer Spuren des Brands zu sehen waren. Dabei wurde ihm klar, dass er nicht mehr hier leben wollte, das Haus barg zu viele schlechte Erinnerungen. Das Haus der Familie Nava, das er gekauft hatte und das von einem gefragten Architekten umgebaut werden würde, könnte eine Alternative sein. Aber er würde trotzdem versuchen, Federica davon zu überzeugen, nach Cortina zu ziehen. Jedenfalls für ein paar Monate im Jahr.

Als er die Haustür öffnete, stand er Manlio Giavazzi gegenüber. Mit ihm hatte er nicht gerechnet und war dementsprechend erschrocken. Einen Augenblick später umarmte er ihn herzhaft. „Mein Freund, wie schön, dich zu sehen."

„Lieber Bruno, willkommen zurück."

Der Wachmann half ihm, das Gepäck ins Haus zu tragen. Drinnen war es warm und gemütlich, zum Glück hatte Federica die Heizung nicht abgeschaltet.

Sie setzten sich im Wohnzimmer gegenüber. Bruno war gespannt und fürchtete sich zugleich davor, die Wahrheit zu erfahren und den Schuldigen ein Gesicht zu geben. Und in all diesem Leid einen Sinn zu sehen. Aber Giavazzi zögerte.

„Und?", drängte Bruno ungeduldig.

Der Wachmann war noch in Uniform, wahrscheinlich hatte er keine Zeit gehabt, nach Hause zu fahren und sich umzuziehen, dachte Manera.

„Hast du das Notizbuch vernichtet?", fragte Giavazzi.

Bruno deutete auf den Trolley. „Nein, ich wollte es lieber behalten."

„Sehr gut", erwiderte Giavazzi und zog eine Pistole aus der Jackentasche. „Damit wurde auf dich geschossen."

Manera streckte sich, um die Waffe besser sehen zu können. Polierter Stahl, kalt und tödlich, er zuckte zusammen. „Wer?", fragte er und wandte den Blick ab.

„Roberto Vardanega, zusammen mit seinem Cousin Michele", antwortete Giavazzi und betonte die Namen, „ihr Auftraggeber war Stefano Clerici. Er hat sie bezahlt, dich zu bedrohen, aber nicht, auf dich zu schießen. Er wollte, dass du aus dem Dorf verschwindest und deine Frau verlässt, um nach der Scheidung mit ihrem Geld Geschäfte zu machen."

„Federica wusste von den Plänen ihres Geliebten?"

„Inzwischen ja. Ich habe ihn gezwungen, ihr alles zu sagen. Und nach seinem Geständnis hat sie die Affäre ohne zu zögern beendet."

„Dafür will ich Clerici und die beiden anderen im Gefängnis sehen."

„Das wird nicht passieren."

„Und warum nicht?"

„Weil das eine Sache ist, die wir unter uns im Dorf regeln. Und du bist keiner von uns", antwortete Giavazzi. Manera schien nicht zu verstehen. Deshalb versuchte er es besser zu erklären. „Du musst bedenken, dass du damit das Leben rechtschaffener Menschen zerstören würdest. Michele und Roberto sind im Grunde gute Jungs, sie haben das nicht verdient. Der gute Name der Pesentis würde in den Dreck gezogen, deine Frau Federica müsste sich öffentlich zu ihrer Affäre mit Clerici bekennen und du würdest den Ruf als gehörnter Ehemann nie mehr loswerden. Aber vor allem bitte ich dich als Freund um Verständnis, dass dieser Fall für mich eine einmalige Chance darstellt."

„Wovon redest du?"

„Vom Zufall, der mich an der roten Ampel direkt hinter dem Auto deiner Frau zum Halten gebracht und mich veranlasst hat, ihr zu folgen. Um dann zu entdecken, dass sie eine Affäre mit Stefano Clerici hat."

„Ich verstehe immer noch nicht", Manera wurde ungeduldig.

„Hör zu, Bruno, ich war immer der Loser im Dorf, jedenfalls seit dem Tag, als sich mein Sohn mit Marrons glacés zu Tode gefressen hat."

„Ich dachte, das sei ein Unfall gewesen?"

Giavazzi seufzte erleichtert. „Endlich habe ich den Mut gehabt, es jemandem zu sagen. Und das konntest nur du sein, mein einziger wahrer Freund."

„Wie ein Freund kommst du mir im Moment nicht gerade vor."

„Irrtum. Aber das verschieben wir auf später, sonst verliere ich den Faden, ich möchte nicht, dass es Missverständnisse zwischen uns gibt."

Manera bat ihn mit einem Nicken weiterzusprechen.

„Ich war gerade dabei, dir zu erzählen, dass meine Frau Lucia mich nach Adamos Beerdigung verlassen hat. Das hat mich im Dorf gebrandmarkt. Für die Leute hier ist klar, dass ich mich mit meinem Schicksal abfinden muss, Tag für Tag das Gleiche machen, bis zur Rente. Und ab dann werde ich zu einer Einsamkeit verurteilt sein, die mir nach und nach das Herz brechen wird, jedenfalls solange ich mich noch um mich kümmern kann. Danach werden mir die Türen des Hospizes hinter dem Schulhaus offenstehen, dort werde ich in aller Stille sterben. Aber wenn ich jetzt den guten Ruf des Dorfes rette, wird sich mein Leben ändern. Von dir kann ich höchstens Geld, einen Job und Freundschaft erwarten, was mir hier im Tal aber nichts nützen würde. Die Leute hier werden mir unendlich dankbar sein und ich habe endlich die Chance, davon zu profitieren. Das habe ich verstanden, als deine Frau bei mir war, um mir zu sagen, dass sie mit den Angriffen auf dich nichts zu tun hat. Zuerst war es nur so ein Gedanke, aber dann ist mir klar geworden, dass ich eine wichtige Persönlichkeit aus dem Dorf vor mir hatte, die mich um Hilfe und Rat bat. Dann war plötzlich alles klar. So eine Chance darf man sich nicht entgehen lassen, das weißt du selbst am besten, sonst wärst du nicht so reich geworden."

Manera war bestürzt. Manlio Giavazzi war gar kein guter Mensch, sondern ein verwirrter Geist, ein Verrückter, der ihn hinterhältig und grausam betrogen hatte. Er zwang sich, ruhig zu bleiben, er musste ihn zur Vernunft bringen. „Und du meinst, diese Dankbarkeit erreichst du mit deinem Schweigen?"

„Nein", antwortete der Wachmann, „mit deinem Tod."

Er hob die Waffe und schoss ihm zwei Mal in die Brust.

Manera versuchte mit den Händen die klaffende Wunde zu verschließen und sank zu Boden. Er wimmerte, um zu schreien, waren die Schmerzen zu stark.

„Es tut mir leid", sagte Giavazzi, „ich hätte dir lieber in den Kopf oder ins Herz geschossen, aber es muss dilettantisch aussehen. Du weißt ja, es sind die Details, die den Unterschied machen."

Dann wandte er dem Sterbenden den Rücken zu, öffnete den Trolley, nahm das Notizbuch heraus, das in der Seitentasche steckte, und suchte in Maneras Jacke nach dem Handy, mit dem sie kommuniziert hatten.

„Es tut mir leid, Bruno", murmelte der Wachmann mit monotoner Stimme, als würde er eine Litanei herunterbeten, „wirklich sehr leid. Bitte stirb schnell, lass los, leide nicht länger. Mach es wie Adamo. Es war schlau von ihm, mit vollem Magen, der Süße im Mund und einem vom Alkohol vernebelten Kopf zu sterben … Nein, ‚umnachtet'. So hat es der Priester bei der Beerdigung gesagt. Ich kannte das Wort gar nicht und musste es im Lexikon nachschlagen."

Maneras Sterben zog sich lästig lang hin, er brauchte mehr als zwanzig Minuten, bis er endlich tot war. Am Ende röchelte er nur noch und flüsterte den Namen seiner ersten Frau: Annabelle.

Als er Brunos weit aufgerissene Augen sah, war Giavazzi einen Moment lang unsicher, ob er sie ihm schließen sollte, aber dann verzichtete er darauf, aus Furcht, einen verhängnisvollen Fehler zu machen. Er entschuldigte sich noch einmal und entfernte sich dann vom Tatort, eng an die Mauer gedrückt schlich er in der Dunkelheit davon, zufrieden wie eine satte Katze.

Einige Minuten später erreichte er sein Auto, das er zwischen zwei alten Ulmen in der Nähe eines verlassenen Hauses abgestellt hatte. Er startete den Motor und stellte Radio Serenella ein. Um diese Uhrzeit gab es immer Glückwünsche.

Er kannte fast alle Bewohner des Tals, die anriefen, um zu einem Geburtstag oder einem Hochzeitstag zu gratulieren oder einfach nur, um jemanden seiner oder ihrer Liebe zu versichern. Gerade war Rita am Telefon, die *Anima mia* von den Cugini di Campagna hören wollte, zusammen mit ihrem Ivano.

„… Im Herzen hatte er einen Schwarm Möwen, doch mit seinem Körper hatte er zu oft ja gesagt." Manlio mochte das Lied und wartete, bis es zu Ende war, bevor er losfuhr. Er hatte es nicht eilig, um diese Uhrzeit war hier keine Menschenseele, es war eine mondlose, stockdunkle Herbstnacht. Langsam rollte er über die schmalen Feldwege bis in die Nähe des Hauses von Fausto Righetti. Dann ging er zu Fuß weiter. Er steckte sich eine Zigarette an, lehnte sich gemütlich an den Stamm einer Pappel und beobachtete einige Minuten das Haus. Licht drang durch die Fensterläden und man hörte leise Musik. Ob Riga womöglich auch Radio Serenella hörte? Der Gedanke irritierte ihn. Als er sich sicher war, dass die Luft rein war, schlich er zum alten Hühnerstall, der schon lange nicht mehr genutzt wurde und inzwischen voller Gerümpel war, und versteckte die Pistole, die „Knarre", wie Riga sie genannt hatte. Er steckte sie unter den Sitz einer verrosteten alten Vespa, bei der Lenker und Hinterrad fehlten. Dann ging er zurück zum Auto. Zu Hause trank er sein übliches Glas Rotwein und dachte an Bruno Manera. Er hatte nicht darum gebeten, ihn zu verschonen, und auch nicht um Hilfe gerufen. Er hatte nicht gebettelt, um seine Würde zu bewahren. Ein echter *Signore*, bis zum Schluss, dachte er bewundernd.

5

Federica hatte gerade mit ihren Eltern zu Abend gegessen, als sie einen Anruf von Moderata Cortinovis bekam, einer lebhaften Frau um die siebzig, die mit ihrem Mann Aldo und ihrem Hund Briscola gegenüber von Brunos Villa wohnte. Das Handyklingeln hatte ein regelrechtes Verhör ihres Vaters unterbrochen, der genau wissen wollte, wie es mit der Ehe seiner Tochter weitergehen sollte. Im Gegensatz zu seiner Frau Matilde stand Jacopo Pesenti der Trennung nicht so wohlwollend gegenüber. Er war davon überzeugt, dass es besser wäre, wenn die beiden zurück in die Stadt gingen, fernab der Gerüchte im Tal, um dort den Schein einer guten Ehe zu wahren. Die Wahrheit jedoch war, dass er es nicht ertragen konnte, Federica wieder im Haus zu haben, im zarten Alter von 35. Sie versuchte den Fragen auszuweichen, mit der Ausrede, dass sie sich noch mit Bruno aussprechen musste. Aber der war verschwunden, auf Anrufe reagierte er nicht. „Jetzt mischt sich auch noch diese alte Hexe ein", dachte Jacopo. Wahrscheinlich war Moderata sogar noch älter als er. Während er weiter in seinen Erinnerungen kramte, fiel ihm ein, dass er sie einmal gevögelt hatte, als Jugendlicher, nach einem Kuss auf dem Volksfest zu Ehren von Sant'Alessandro. Aber vielleicht verwechselte er sie auch mit ihrer Schwester

Consolata. Er beschloss, das Lauschen seiner Frau zu überlassen, und verließ das Esszimmer Richtung Arbeitszimmer.

„Guten Abend, Signora", sagte Federica erleichtert. Ihr Vater besaß das seltene Talent, mit großer Hartnäckigkeit unangenehme Fragen zu stellen.

„Entschuldige die Störung", erwiderte Moderata Cortinovis, „ich möchte mich nicht einmischen, aber das Auto deines Mannes steht vor der Tür und als ich Briscola ausgeführt habe, ist mir aufgefallen, dass die Haustür offen ist. In Anbetracht der Vorkommnisse in der letzten Zeit dachte ich, ich sage dir besser Bescheid."

Federica stammelte ein paar Dankesworte, verabschiedete sich und legte verblüfft auf.

„Was ist passiert?", fragte ihre Mutter.

„Bruno ist zurück, ohne mir Bescheid zu sagen", antwortete sie und zog ihren Mantel über, „und die Nachbarin hat gesagt, dass die Tür offen steht."

„Merkwürdig."

„Allerdings. Aber das Wichtigste ist, dass er wieder da ist und ich mit ihm reden kann."

Während der Fahrt wiederholte sie in Gedanken, was sie sagen wollte. Erst die Entschuldigung, dann das Geständnis, aber was ihre Gefühle anging, würde sie nicht lügen, wie Giavazzi es vorgeschlagen hatte. Sie war nicht bereit, sich für alle anderen aufzuopfern. „Ehrlich währt am längsten", sagte sie laut, um sich Mut zu machen.

Die Nachbarin hatte recht, die Haustür stand offen, man konnte einen etwa vierzig Zentimeter breiten Spalt erkennen. Wahrscheinlich war es drinnen inzwischen eiskalt. Merkwürdig, dass Bruno das nicht aufgefallen war, denn seit seiner Entlassung aus dem Krankenhaus hatte er penibel darauf geachtet, dass die Fenster und die Türen verschlossen waren. Außerdem war er verfroren, wie alle Städter, die ins Tal kamen. Entschlossen betrat sie das Haus, eher neugierig als besorgt, und rief laut nach ihrem Mann.

Als sie am Wohnzimmer vorbeikam, bemerkte sie den Trolley und blieb stehen, gerade noch rechtzeitig, um den am Boden liegenden Körper zu bemerken. Sie sah die Blutlache, die Hände auf der Wunde und schließlich das Gesicht. Es war Bruno. Sie warf sich auf ihn und schüttelte ihn. Sie schrie wie noch nie in ihrem Leben.

Moderata Cortinovis, die am Fenster auf Federicas Ankunft gewartet hatte und dann nach unten gegangen war, um zu sehen, was los war, hörte die verzweifelten Schreie, und als nach mehrmaligem Klingeln niemand reagierte, rief sie die Polizei.

Die Namen Manera und Pesenti in einem Satz zu hören alarmierte Maresciallo Piscopo, der einige Minuten später mit seinen Kollegen Carabiniere Scelto Milesi und Appuntato Gasparini in der Villa eintraf. Inzwischen hatte sich Federica vom Tatort entfernt und Trost in den Armen der Nachbarin gesucht.

Der Maresciallo betrat das Haus, um sich einen ersten Eindruck zu verschaffen. „Sie haben es zu Ende gebracht", sagte er zu seinen Beamten und deutete auf die Patronenhülsen am Boden. „Gleiches Kaliber", fügte er hinzu, um auf die fragenden Blicke der beiden zu antworten. Dann, als Gentleman alter Schule, beeilte er sich, der Witwe sein persönliches Beileid und das seiner Männer auszusprechen. Als erfahrener Ermittler bat er Federica mit einfühlsamen Worten, das Auffinden des Leichnams und weitere Eindrücke zu schildern, ohne dass es wie eine Befragung wirkte. Danach befahl er Milesi, sie zu ihren Eltern zurückzubringen. Der Maresciallo brauchte freie Bahn, um sich einen Überblick zu verschaffen, bald würde es im Dorf von Journalisten wimmeln. Und er brauchte Zeit, um sich die richtigen Antworten zurechtzulegen. Das letzte Kapitalverbrechen im Tal lag schon mehr als zwanzig Jahre zurück. Ein Mann hatte seine ältere Schwester wegen eines Erbstreits erschlagen. In dieser Gegend konzentrierte man sich auf das Wesentliche, selbst bei einem Mord, Gefühle und Befindlichkeiten waren noch nie Grund für einen Mord gewesen. Für ihn war der Fall bereits gelöst. Es mussten Kriminelle von außerhalb gewesen sein. Jetzt ging es darum, Beweise zu sammeln, die seine Hypothese stützten, um dann zum immer gleichen Arbeitsalltag zurückzukehren. Umgehend forderte er bei der Questura die Spurensicherung und weitere Spezialisten an, um auch die weiter zurückliegende Vergangenheit des Opfers zu beleuchten.

Aber bis sie da sein würden, durfte er den Tatort nicht verunreinigen, er würde nur eine erste, vorsichtige Bestandsaufnahme machen, um das Ganz zu beschleunigen. Das hier war sein Bereich, er hatte das Recht dazu. Er streifte die Latexhandschuhe über und begann die teure Jacke des Opfers zu durchsuchen. In der Brieftasche fand er den ersten interessanten Hinweis: die Rechnung einer Bar in Cortina vom Vortag. Er stecke sie wieder zurück und beglückwünschte sich zu seinem kriminalistischen Spürsinn. Dieses Stück Papier würde die Ermittler auf die Spur der „Königin der Dolomiten" bringen. Die Mautstellen der Autobahn würden Brunos Fahrt bestätigen. Er hatte immer schon den Verdacht gehabt, dass Manera ein Mann voller Geheimnisse war, und jetzt war der Moment gekommen, Licht ins Dunkel zu bringen. Er rief Signora Salvi an, die Putzfrau seines Reviers, und bat sie, sein Büro aufzuräumen. Sie erwiderte, dass sie das schon gemacht hatte, und Piscopo musste ihr einen Bonus aus eigener Tasche versprechen, damit sie es noch einmal putzte und er sich sicher sein konnte, die Presse in angemessenem Rahmen empfangen und über den Stand der Ermittlungen unterrichten zu können.

Federica war untröstlich. Sie lag in den Armen ihrer Mutter und weinte ununterbrochen, unter den besorgten und betrübten Blicken des Vaters, der das Schicksal verfluchte, das sich schon zu lange gegen seine Familie verschworen hatte. Zum Glück hatte er bei der Hochzeit darauf bestanden, dass Federica und ihr Mann Gütergemeinschaft vereinbarten, so war wenigstens ihre finanzielle Zukunft gesichert, vorausgesetzt, es tauchten keine Kinder oder andere Verwandte von Manera auf, von denen man im Moment noch nichts wusste. Kurz darauf kam Dottore Cornolti, seit ewigen Zeiten Hausarzt der Familie, und verabreichte der Witwe einen Mix aus Schmerz- und Schlafmittel, den er für solche Fälle immer in der Tasche hatte. Im Tal wurde oft gestorben, nicht selten bei Arbeitsunfällen in den Fabriken und Werkstätten, was die Angestellten immer stark erschütterte. Die Erfahrung hatte ihm gezeigt, dass Trost kurz nach einem Unfall reine Zeitverschwendung war und man diese Aufgabe besser der Chemie überließ, um den Betroffenen Zeit zu geben, sich um die Folgen des Geschehenen zu kümmern. Bevor Federica in tiefen Schlaf sank, blitzte der Gedanke in ihr auf, dass die Vardanegas Bruno umgebracht haben mussten, und wenn sie die Täter waren, musste Stefano ihnen den Auftrag erteilt haben.

Stefano Clerici erreichte die Nachricht vom Mord an Manera in der vornehmen Bar Cavour, während Michi und Robi in der weniger vornehmen Bar Taiocchi davon hörten, wo sie einem polnischen Lastwagenfahrer beim Billard zwanzig Euro abluchsten, der keinen blassen Schimmer von dem Spiel hatte.

Wie zu erwarten, reagierten alle drei wie Dilettanten. Manlio Giavazzi hatte sie genau richtig eingeschätzt. Dilettanten machten immer den Fehler, sich aus der Ruhe bringen zu lassen, impulsiv zu handeln und nicht zu warten, wie sich die Situation entwickeln würde. Kalkweiß im Gesicht verließ Clerici das Cavour und rief Michele an, der sofort auf den Parkplatz vor dem Taiocchi ging, als er den Namen auf dem Display sah, um unliebsame Ohrenzeugen zu vermeiden.

„Was macht ihr für einen Scheiß?", schrie Clerici.

„Das waren wir nicht, wir hatten doch gar keinen Grund."

„Und dein Cousin? Vielleicht hat er mal wieder Lust gehabt, den Cowboy zu spielen?"

„Unmöglich, wir haben das … Gerät zurückgegeben. Wir hatten es nur für einen Tag geliehen."

Stefano legte auf, dann tat er so, als würde er den Gerüchten und Mutmaßungen zuhören, die mit beeindruckender Geschwindigkeit von Mund zu Mund gingen. Alle waren tief erschüttert. Vor allem er.

Er musste mit Giavazzi sprechen. Der Wachmann ging ihm zwar auf die Nerven, aber er hatte ihn gut beraten. Doch so konnte es nicht weitergehen, sonst würden bald alle Bescheid wissen. Aurora Bellizzi, eine Bekannte Federicas, die ihr bei der Organisation des „zufälligen" Treffens geholfen hatte und über ihre Affäre auf dem Laufenden war, kam ihm mit einem schiefen Lächeln entgegen. Sie war nicht mehr ganz nüchtern. „Tja, das Schicksal ... manchmal kann es Berge versetzen", flüsterte sie ihm in komplizenhaftem Ton zu.

Zum ersten Mal spürte Stefano Clerici, dass er in Gefahr war. Federica musste ihr alles anvertraut haben, und das konnte fatale Folgen haben. Sein Überlebensinstinkt sagte ihm, dass er Aurora im Auge behalten musste. Er lud sie auf einen Drink ein. Sie entschied sich für einen Sunset, „neu interpretiert", wie der Barmann betonte: Campari Soda, weißer Wermut, Barolo. Ein Klassiker, um sich abzuschießen und am nächsten Morgen mit einem Kater aufzuwachen. Aber auch eine gute Ausrede für jeden Mist, den man bis dahin machte. Stefano führte sie zu einem Tisch und spielte die Rolle des sympathischen, galanten Begleiters, aufmerksam und zugewandt. Sie zeigte sich so zugänglich, dass Clerici sich allmählich in einer Verführerrolle wiederfand.

„Und Federica?", fragte Aurora, als sie beschlossen hatte, dass es an der Zeit für ernsthafte Fragen war.

„Och, wir sind schon länger getrennt. Sie war nicht die Richtige für mich und ich nicht der Richtige für sie", erwiderte Stefano mit gespielter Aufrichtigkeit, „man sollte alte Geschichten nicht wieder aufwärmen. Man bildet sich ein, dort anknüpfen zu können, wo es zu Ende gegangen ist, aber nach einer Weile wird einem klar, dass man nicht mehr derselbe ist wie damals."

Aurora strahlte. Sie war attraktiv, hatte schöne Beine und ein hübsches Gesicht und schulterlange schwarze Haare. Sie war Single, hatte aber aufgrund ihrer sozialen Stellung nicht in sein Beuteschema gepasst. Die besseren Kreise umgaben sich nur mit ihr, weil ihr die Boutique Le Chic gehörte, wo sie sich einkleideten. Das Geschäft hatte sie von ihren Eltern übernommen, die aus dem Süden gekommen waren und wenige Meter von der Piazza Asperti entfernt einen Kurzwarenladen eröffnet hatten. Aurora hatte mit Beharrlichkeit und Geschick ihren ehrgeizigen Plan verfolgt, den Laden in eine elegante Modeboutique zu verwandeln, die mit denen in der Stadt mithalten konnte. Was ihre Finanzen anging, war alles in bester Ordnung, ihr Gefühlsleben hingegen war kompliziert. Die Männer aus der sozialen Schicht, in der sie sich bewegte, waren unerreichbar, aber nach unten ausweichen wollte sie auch nicht. Stefano hingegen war perfekt. Ein Finanzberater, der von denen geschätzt wurde, auf die es ankam. Ermutigt durch den Sunset, streckte Aurora den Fuß aus und strich mit dem weichen Leder ihres Stiefels über Clericis Knöchel. Jetzt lag der Ball bei ihm: „Möchtest du dir meine japanische Fächersammlung ansehen?"

„Wo?"

„Bei mir zu Hause."

„Nein danke", wehrte sie ab, um dann in wissendes Lachen auszubrechen, „zumal ich weiß, dass es sich um eine Schmetterlingssammlung handelt. So bekommst du mich nicht ins Bett, in dem du schon Federica Pesenti bestiegen hast. Wir gehen zu mir. Ich habe eine Sammlung Unterwäsche zu bieten, die dich vielleicht auf neue Ideen bringt."

Stefano lächelte und dachte kurz daran, dass er eigentlich in diesem Moment bei Giavazzi sein sollte, um wichtige Details zu besprechen, aber Aurora Bellizzi war eine tickende Zeitbombe, die er entschärfen musste. Im Bett. Er zahlte und achtete darauf, dass alle in der Bar ihn und Aurora gemeinsam weggehen sahen. Auf dem Weg zum Auto meinte sie, dass sie mit einem solchen Finale nicht gerechnet hatte. Er nickte, im Wissen, dass diese Affäre mindestens so lange dauern musste, bis die Gefahr gebannt war. Aber er wusste auch, dass es nicht leicht werden würde, Aurora danach wieder loszuwerden.

Der Wachmann hatte zur selben Zeit Besuch von Michele Vardanega. Sabrina hatte ihn dazu gezwungen. Als Michele nach Hause gekommen war, hatte seine Frau schon Bescheid gewusst. Wie alle anderen auch.

„Schwör mir, dass ihr nichts damit zu tun habt."
„Ich schwöre."
„Wer war es sonst?"
„Keine Ahnung."
„Vielleicht Clerici."
„Ach was, der macht sich die Hände nicht schmutzig."
„Die Ehefrau, Federica."
„Schluss damit, Sabrina!", hatte Michi verzweifelt erwidert.
„Und warum? Es kann kein Zufall sein, dass es Manera gerade jetzt erwischt hat, nach all dem, was ihr ihm angetan habt."

„Clerici hat mich angerufen. Er weiß nichts, aber er ist ein einflussreicher Mann und findet sicher heraus, was Sache ist", hatte Michele ihr erklärt und sich aufs Sofa gesetzt.

„Vergiss es, beweg deinen Hintern hier raus und rede mit Signor Giavazzi. Er hat gesagt, dass er dir helfen will, und jetzt ist der richtige Moment dafür. Er trägt eine Uniform, für ihn dürfte es nicht schwer sein herauszufinden, wie die Ermittlungen stehen."

Und deshalb war Michele zu Giavazzi gegangen. Aber er hatte es nicht eilig gehabt. Erst einmal war er ins Taiocchi zurückgekehrt, hatte einen Amaro getrunken und beobachtet, was Robi so trieb. Sein Cousin war aufgekratzt und führte bei den Gesprächen über den Mord das große Wort. Er tat so, als wüsste er Bescheid, und schien kurz davor, dem ganzen Dorf zu erzählen, dass er es gewesen war, der als Erster auf Bruno Manera geschossen hatte. Michele hatte versucht, ihn zum Gehen zu bewegen, aber Roberto hatte ihm gar nicht zugehört. Daraufhin hatte er Alessia angerufen. „Robi ist im Taiocchi, er ist betrunken und redet sich um Kopf und Kragen, du musst ihn abholen."

„Nur die Ruhe, ich komme", hatte sie gesagt, eher amüsiert als beunruhigt.

Michi hatte sich ins Auto gesetzt und gewartet, bis Alessia gekommen war und seinen Cousin aus der Bar geholt hatte. Roberto war seiner Frau gefolgt wie ein schwänzelnder Hund. Alle zwei Schritte verlangte er einen Kuss und strich ihr über den Hintern. Sie lachte zufrieden.

Jetzt saß Michi seit ein paar Minuten bei Giavazzi auf dem Sofa und beneidete seinen Cousin, der sicher gerade seine Frau vögelte, zufrieden und ohne jeden Gedanken an den Schlamassel, in dem sie steckten. Giavazzi hatte ihn erst nicht reinlassen wollen, er wirkte müde, seine Augen waren gerötet, offensichtlich hatte er geweint.

„Bruno war ein treuer Freund", hatte er vorwurfsvoll gesagt.

„Wir waren das nicht", hatte Michele sofort klargestellt.

Der Wachmann hatte nicht geantwortet, sondern war in der Küche verschwunden und kam mit dem üblichen Glas Marrons glacés und einer Flasche Rotwein zurück. Er sah ihn durchdringend an.

„Wenn ihr es nicht wart, wer dann?", fragte er knapp und zündete sich eine Zigarette an.

„Hören Sie, Signor Manlio, ich weiß auch nicht mehr, was ich denken soll. Ich glaube nicht, dass es Clerici war, weil er mich angerufen hat, um zu fragen, ob wir es gewesen sind."

„Na wunderbar", spottete Giavazzi, „ihr telefoniert wild in der Gegend herum, obwohl ich euch darum gebeten hatte, es zu lassen. Das hat uns gerade noch gefehlt, dabei hattet ihr euch nicht mal etwas Wichtiges zu sagen."

„Was ist passiert, was meinen Sie?"

„Keine Ahnung", antwortete Giavazzi und fuhr sich mit der Hand über das Gesicht.

Sie schwiegen, er rauchte zu Ende und trank sein Glas aus. „Ich dachte, dass ihr und dieser Idiot von Clerici von einem meiner Kollegen, dem Schwager von Appuntato Gasperini, darüber informiert worden seid, dass Bruno mit derselben Pistole erschossen worden ist, die ihr damals benutzt habt. Sie warten noch die Ergebnisse der Ballistik ab, aber Piscopo ist sich sicher."

Michele erbleichte. „Aber ich habe sie am nächsten Morgen zurückgegeben, Riga hatte sie uns nur für einen Tag geliehen."

„Das hast du erwähnt. Aber Clerici könnte euch richtig viel Geld dafür bezahlt haben, sie noch einmal zu leihen."

Michele war kurz davor, in Tränen auszubrechen. „Wir sind keine Mörder, Signor Manlio."

Der Wachmann änderte seine Strategie, streckte die Hand aus und drückte ihm den Arm. „Das weiß ich doch. Du warst Adamos Freund. Ich bin fest davon überzeugt, dass Riga den armen Bruno erschossen hat. Vielleicht hat Manera ihn überrascht, wie er ins Haus eingebrochen ist, oder er war bei ihm, um euch zu verpfeifen. Keine Ahnung. Das ist ein Krimineller, der denkt nicht wie wir."

„Dann könnten Sie über diesen Kollegen doch den Maresciallo informieren."

„Ich weiß nicht, Piscopo ist keiner aus dem Dorf, keiner von uns."

„Und das heißt?"

„Das fragst du noch?", fragte Giavazzi überrascht. „Der Maresciallo würde sich Riga schnappen, ihn auf die Wache bringen und mit seinen Schaufelhänden so richtig in die Mangel nehmen, er hat ja Pranken wie ein Bauer aus dem Süden. Und Riga würde euch die Schuld in die Schuhe schieben, damit er nicht in den Knast muss. Auf jeden Fall würde er wegen versuchten Mordes angeklagt werden, und spätestens da kämt ihr ins Spiel. Ich darf dich daran erinnern, dass die Mindeststrafe dafür zwölf Jahre beträgt."

Wenn nur Sabrina hier wäre, sie ist klug und könnte sicher besser mit Signor Manlio verhandeln, dachte er. Er hingegen war völlig verwirrt.

„Und hatten wir nicht ausgemacht, die Sache unter uns zu regeln?", fragte der Wachmann mit vorwurfsvoller Stimme.

„Entschuldigen Sie, Signor Manlio, Sie haben recht, aber im Moment weiß ich nicht weiter. Ich brauche Ihren Rat."

„Den einzigen Rat, den ich dir als aufrichtiger Freund geben kann, ist, mit Clerici zu sprechen, und zwar nicht am Telefon, bitte. Er hat euch das alles eingebrockt, jetzt muss er eine Lösung finden."

„Ob der Dottore die Situation im Griff hat? Ich glaube nicht."

„Ihr habt keine Wahl, ihr müsst euch mit Riga treffen und ihn überzeugen, die Klappe zu halten. Vielleicht will er Geld, viel Geld. Oder er zwingt euch, seine Komplizen zu werden, oder er schickt eure Frauen auf den Strich. Ich habe dir ja gesagt, was Kriminelle im Kopf haben, weiß man nie so genau. Man weiß nur, dass es nichts Gutes ist."

Als Michele Giavazzis Haus verließ, hatte er panische Angst. Er war zu allem bereit, um sich und seine Familie zu schützen.

Der Wachmann dagegen überlegte, dass es an der Zeit war, sich ein wenig zurückzuziehen. Die Dilettanten konnten sich sehr gut allein in Schwierigkeiten bringen, er konnte ihnen eine Weile das Feld überlassen.

Während der Fahrt zu Clerici wiederholte Michele in Gedanken immer und immer wieder das, was Giavazzi ihm gesagt hatte. Er wollte sichergehen, keine Fehler zu machen. Der

Wagen des Finanzberaters stand nicht vor dem Haus. Er klingelte. Als niemand öffnete, ging er zu seinem Auto zurück und wartete. Nach einer Stunde in der Kälte schickte er ihm eine Nachricht, das konnte ja nicht so schlimm sein.

„Ich muss dringend mit dir reden", schrieb er.

Er wartete eine geschlagene halbe Stunde auf eine Antwort, bis er aufgab und nach Hause fuhr, wo er sicher auf eine wache und sehr schlecht gelaunte Sabrina treffen würde.

Er hätte ihr gerne etwas vorgemacht und die Gefahr verschwiegen, aber dieses Mal ging das wirklich nicht.

6

Die Pressekonferenz am nächsten Morgen begann um elf. Die Medienvertreter, auch von überregionalen Zeitungen und Fernsehsendern, belagerten seit mehr als einer Stunde das Büro des Comandante. Das Prozedere sah vor, dass der Maresciallo die Pressekonferenz eröffnen, dann das Wort an einen Carabinieri-Major der Sondereinheit „Organisierte Kriminalität" übergeben würde, und abschließend wäre der mit dem Fall betraute Staatsanwalt an der Reihe.

Eingangs kam der Maresciallo seinen Pflichten als Hausherr nach: Er begrüßte die Anwesenden und den Bürgermeister, den er persönlich eingeladen hatte, weil er wusste, wie wichtig ihm Interviews waren. Doch dann kam er, wie üblich, gleich zur Sache. „Wie es im Moment aussieht, war Bruno Maneras Schicksal von Anfang an besiegelt. Nachdem er sich nach der Hochzeit mit Federica ins Tal zurückgezogen hatte, der Tochter der bekannten Industriellenfamilie Pesenti, war er im April dieses Jahres Opfer von zwei Einschüchterungsversuchen geworden, bevor er im Juni durch Schüsse im Garten seines Hauses verletzt wurde. Gestern Abend hat seine Frau ihn tot im Wohnzimmer selbigen Hauses aufgefunden, eine Nachbarin hatte Verdacht geschöpft. Manera wurde zwei Mal in den Bauch geschossen, mit einer Pistole Kaliber 7.65 mm.

Wir glauben, dass es dieselbe Waffe ist, die schon beim ersten Angriff auf ihn verwendet wurde. Wir warten noch auf die Ergebnisse der Autopsie, damit wir den genauen Tatzeitpunkt festlegen können, der nach den Daten der Mautstellen nicht vor 18:00 Uhr und nicht nach 21:15 Uhr liegen muss, dem Zeitpunkt, als die Leiche entdeckt wurde. Anhand der GPS- und anderer Daten haben wir ermittelt, dass das Opfer aus Cortina kam, wo es sich in einem Chalet aufgehalten hat, das sich in seinem Besitz befindet und von dem, wie wir seit heute Morgen wissen, seine Ehefrau nichts gewusst hat."

Piscopo hielt inne und schaute in die Runde, sein Gesichtsausdruck ließ keinen Zweifel. Sobald er sich sicher war, dass alle die Botschaft verstanden hatten, sprach er weiter: „Wie Sie bereits aus den Ermittlungsakten vom Juni wissen, wurde der Immobilienunternehmer Bruno Manera hier im Dorf als Fremder betrachtet. Außer mit seiner Frau und ihrer Familie hatte er keine Kontakte. Deshalb schließen wir aus, dass die Einheimischen etwas mit dem Mord zu tun haben. Die Täter und eventuelle Auftraggeber müssen wir außerhalb suchen, vielleicht sogar im Ausland."

Piscopo wollte das Wort gerade an den Vertreter der Sondereinheit übergeben, als er von Vanessa Tironi unterbrochen wurde, einem bekannten Gesicht des Nachrichtensenders Bellavalle TV: „Manera wurde im Juni mit zwei Schüssen verletzt und auch jetzt wurden zwei Schüsse abgegeben, dieses Detail scheint Ihnen entgangen zu sein, Maresciallo."

Piscopo schenkte der Journalistin ein Lächeln und bedankte sich für die Anmerkung, die der Angelegenheit ein wenig Farbe gab, ohne dass sie zu beweisen gewesen wäre, auf die aber alle gewartet hatten: „Meiner Meinung nach könnte es sich um das Markenzeichen des Killers handeln."

„Ein guter Schütze scheint er aber nicht zu sein", meinte der Kriminalreporter der örtlichen Zeitung.

Der Maresciallo nickte ernst, hielt wieder kurz inne und ließ dann die vorbereitete Bombe platzen: „Es waren gezielte Schüsse, das Opfer sollte leiden. Bruno Manera ist nach langem Todeskampf gestorben."

Der Major senkte peinlich berührt den Blick, aber just in diesem Augenblick übergab ihm Piscopo das Wort, um das aufkommende Gemurmel zum Schweigen zu bringen. Seine Ausführungen waren professioneller und bedachter, zehn Minuten lang sagte er nichts weiter Interessantes. Gleiches galt für den Staatsanwalt, der eher noch zurückhaltender war, aber unbedingt etwas über die Erfolge im Kampf gegen die organisierte Kriminalität im vergangenen Jahr sagen wollte. Die Medienvertreter gaben zwar ein gewisses Interesse vor, aber es war klar, dass sie nur wegen Piscopos Ausführungen da waren. Fragen stellten sie keine, sondern warteten ungeduldig darauf, endlich aufbrechen und Interviews vor Ort führen zu können. Sie begannen mit dem Bürgermeister, frisch vom Friseur und im guten Anzug. Aber ihr eigentliches Ziel war die Villa Pesenti, wohin sich die Ehefrau des Opfers zurückgezogen hatte. Ihre Aussage über das Auffinden des Leichnams wäre schon nicht schlecht gewesen, aber eine Antwort auf die Frage „Wie kann es sein, dass Ihr Mann Ihnen verschwiegen hat, dass er ein luxuriöses Chalet in Cortina besitzt?" wäre mindestens fünfzig Zeilen auf der Titelseite wert.

Giavazzi hatte dienstfrei und wie immer nutzte er die Zeit, um das Haus zu putzen. Er hatte genug Urlaubstage angesammelt, um sich den Luxus zu gönnen, an einem Werktag die Uniform der Valle Securitas im Schrank zu lassen. Der eigentliche Grund jedoch war, den Journalisten aus dem Weg zu gehen, die ihn mit Fragen zu seiner Beziehung zum Opfer hätten in Verlegenheit bringen können. Eine Aussage der Presse gegenüber hatte ebenso viel Gewicht wie eine Aussage auf der Wache. Es war besser, vorsichtig zu sein und vorausschauend zu handeln. Er hatte noch keine Zeit gehabt, einen Plan zu entwerfen und jeden Aspekt kritisch zu beleuchten, aber bis jetzt hatte er keinen Fehler gemacht, da war er sich sicher. Jetzt galt es abzuwarten, wie sich die Dilettanten verhalten würden. Michele Vardanega war seinem Rat bestimmt gefolgt und hatte mit Stefano Clerici gesprochen, aber was ihm ein wenig Unbehagen bereitete, war ein nächtlicher Besucher, der das Tageslicht scheute. Er hörte die Lokalnachrichten und machte sich dabei Mittagessen. Der arme Bruno war eine Persönlichkeit mit zu vielen „Schatten" geworden. Er wusch das Geschirr ab, legte sich aufs Sofa und hörte Radio Serenella, dann machte er mit der alten Wolldecke auf den Knien ein Nickerchen. Gegen Abend rief er beim Sender an und bat darum, ein Lied von Vasco Rossi zu spielen, *Gli angeli*, und es einem „Freund, der nicht mehr unter uns weilt", zu widmen.

„Es gibt keine Umkehr,
nach unten führt kein Weg,
wer einmal fliegt,
fällt nicht mehr."

Nach dem Abendessen schien die Zeit sich endlos zu dehnen und das Warten machte ihn unruhig, ein Gefühl, das er von sich nicht kannte. Um sich zu beruhigen, rauchte er eine Zigarette nach der anderen.

Es klingelte kurz nach Mitternacht. Manlio schaute durchs Fenster und öffnete dann die Tür, mit einem falschen Lächeln auf den Lippen.

„Ich habe dich erwartet."

„Das habe ich mir gedacht", sagte Fausto Righetti.

Manlio führte den Besucher in die Küche, auf dem Tisch standen eine Flasche Rotwein und zwei Gläser bereit.

Riga fühlte sich offensichtlich unwohl. Giavazzis Gelassenheit verwirrte ihn. Er beobachtete ihn, wie er mit sicherer Hand die Gläser füllte. Das Lächeln hatte einem höhnischen Grinsen Platz gemacht, um ihm deutlich zu machen, dass er schlauer war als Riga.

„Du hast die Knarre also nicht in den Fluss geschmissen", sagte Riga nach einer Weile.

„Das hatte ich nie vor."

„Du wirkst nicht wie einer, der mit Auftrag handelt. Und ich glaube auch nicht, dass du so schlecht zielst."

„Und du hast recht. Ich war es nicht."

„Die Vardanegas?"

Giavazzi antwortete nicht, sein Grinsen wurde breiter. Dann bot er seinem Gast eine Zigarette an.

Riga nahm eine und rauchte sie halb, bevor er sich entschloss, die Frage zu stellen, die ihn hierhergeführt hatte. „Kannst du mir sagen, warum ausgerechnet mit meiner Pistole geschossen wurde, verdammte Scheiße?"

„Vielleicht weil *sie*, für den Fall, dass es schiefgehen sollte, die Schuld auf dich schieben können. Du hast ihn verletzt und du hast ihn erschossen."

„Wer sie?"

„Keine Ahnung. Im Grunde sind das alles Vermutungen."

„Aber Vermutungen reichen vor Gericht nicht."

„Stimmt. Wahrscheinlich wissen auch *sie* das und damit sie vorbereitet sind, falls die Knarre schlimmstenfalls doch irgendwo auftauchen sollte, haben sie sie an einem Ort versteckt, den man mit dir in Verbindung bringen wird, wie die Polizei so schön in ihren Berichten schreibt."

„Ich glaub's nicht. Ich kenne euch kaum und trotzdem wollt ihr mich ans Messer liefern?"

„Ich nicht, damit das klar ist. Ich habe mit der Sache nichts zu tun. Ich war ja nicht mal bei dir zu Hause, um das alte Ding zu kaufen."

Riga leerte sein Glas in einem Zug. „Du Drecksau", knurrte er. Sein Blick ähnelte dem eines Boxers, der in den Seilen hing, und er reagierte genauso, wie man es von einem schlichten Gemüt wie ihm erwarten konnte. „Wenn ihr mich verpfeift, werde ich nicht einfach meinen Arsch für euch hinhalten. Dafür werdet ihr bezahlen. Ihr wisst wohl nicht, mit wem ihr es zu tun habt."

Giavazzi seufzte. „Oder vielleicht hast du es auch noch nicht verstanden: Du bist der bekannteste Kriminelle im Tal. Du steckst bis zum Hals in der Scheiße und keiner wird dir helfen. Die anderen sind nicht vorbestraft, sondern geachtete, mächtige Männer. Du bist die perfekte Lösung, damit sind alle zufrieden."

„Da steckt die Familie Pesenti dahinter, ich fühle es. Je reicher, desto hinterhältiger."

„Finde dich damit ab, Fausto, niemand wird dir glauben. Nicht mal ich."

„Du bist der Schlimmste von allen", erwiderte Riga kraftlos.

„Stell dir vor, du sitzt auf der Anklagebank im Schwurgericht, vor dir die Richter. Und du beobachtest ihre Gesichter und die der Schöffen, die alle dasselbe Wort sagen."

„Schluss damit", protestierte Riga. „Welches Wort?"

„Lebenslänglich, du Idiot. Lebenslänglich. Keine Chance auf Entlassung."

Righetti explodierte. In seinen Kreisen gehörte Gewalt zum guten Ton, mehr als einmal hatte er Probleme und Situationen, in denen es nicht gut für ihn aussah, mit Schlägen ins Gesicht und den Magen gelöst. Er packte die Flasche am Hals, schlug sie gegen die Tischkante und richtete die scharf gezackte Seite gegen dieses Arschloch von zweitklassigem Bullen. Allerdings sah er in das schwarze Loch des Laufs von dessen Dienstpistole.

„Du hast den Boden mit Wein besprizt", zischte Giavazzi, „besser, du haust ab, packst die Koffer und verschwindest aus dem Tal. Aber wenn du lieber sterben willst, dann kostet mich das nur eine Bewegung. Und ich werde damit berühmt werden, den Fall Manera gelöst zu haben."

Riga ließ die Flasche fallen und wich einen Schritt zurück. „Wenn ich verschwinden soll, dann kostet euch das was, und zwar einiges", sagte er atemlos.

„Das klingt vernünftig, darüber lässt sich reden. Ich werde mit dem Verantwortlichen darüber sprechen."

Fausto Righetti taumelte wie ein angezählter Boxer aus dem Haus. Er hatte sein Gegenüber unterschätzt und sich der Illusion hingegeben, er hätte die Situation im Griff.

Er stieg ins Auto und weinte vor Wut. Die Welt stand auf dem Kopf: Normalerweise war er es, der den anderen einen Arschtritt verpasste. Natürlich bestand immer das Risiko, für einige Jahre im Knast zu landen, aber zum Spielball von einer Gruppe von Hinterwäldlern zu werden war völlig inakzeptabel. Zu Hause angekommen, schnappte er sich eine Taschenlampe und begann im Garten nach der Pistole zu suchen. Ihm wurde bald bewusst, dass das ein Ding der Unmöglichkeit war, er war aber zu verwirrt, um klar denken zu können. Außerdem musste er sich bewegen, um das Gift aus seinem Körper zu kriegen. Er fand eine Stelle mit weicher Erde, grub etwa dreißig Zentimeter tief, aber ohne Erfolg. Erschöpft zog er sich ins Haus zurück, verschloss die Läden und die Tür und versuchte zu schlafen. Aber er fand keine Ruhe. Mit Jacke und Wollmütze setzte er sich bis zum Morgengrauen hin, trank Bier und rauchte. Als er keine Zigaretten mehr hatte, wusste er, dass es Zeit war, etwas zu unternehmen.

Zehn Minuten später parkte er vor dem Taiocchi, der Stammkneipe der Vardanegas. Wie bei den Arbeitslosen im Dorf üblich, hatten sie gewartet, bis ihre Frauen zur Arbeit gegangen oder die Kinder in die Schule gebracht hatten, und waren dann in die Bar gegangen, um einen Kaffee zu trinken und die erste Partie Billard des Tages zu spielen.

Sobald er Michele und Roberto hineingehen sah, folgte ihnen Riga unauffällig. Die beiden standen an der Theke und wandten ihm den Rücken zu, sie flüsterten miteinander, als ob sie sich etwas Wichtiges zu sagen hätten. Riga kaufte Zigaretten, dann ging er auf die beiden zu und baute sich zwischen ihnen auf. „Ich will 150 000, und zwar bald. Ich brauche Luftveränderung. Versucht nicht, mich reinzulegen, sonst müssen es eure Frauen ausbaden."

Er fixierte sie, dabei wanderte sein Blick von Michele zu Roberto, dann verließ er die Bar in der Gewissheit, dass es Roberto gewesen war, der auf Manera geschossen hatte.

Er fuhr nicht sofort nach Hause, sondern machte einen Zwischenstopp im Supermarkt, wo er Schnaps und andere tröstliche Dinge kaufte. Er gab mehr aus als sonst, wählte teure Marken, denn er war sich sicher, dass die Idioten, die den Wachmann engagiert hatten, ihn gut dafür bezahlen würden, dass er das Tal verließe. Er hatte schon beschlossen, sich in Rumänien niederzulassen, wo er einen Kumpel aus dem Knast hatte, der eine Auto-Import-Export-Firma gegründet hatte, deren Angebote nicht immer legaler Herkunft waren. Er würde ihm sicher helfen.

Er dachte gar nicht daran, im Tal zu bleiben, hinter dem Komplott gegen ihn steckte bestimmt jemand aus der besseren Gesellschaft, der Wachmann war nur ein Handlanger. Sie würden nicht davor zurückschrecken, ihm den Mord an Manera anzuhängen. Aber er hatte einschlägige Erfahrungen mit den Bullen und der Justiz, er würde das Geld nehmen, einen Reporter von der Lokalzeitung anrufen und ihm seine Version der Dinge schildern. Und dann abhauen. Dann hätte dieser Arsch von Giavazzi wenigstens eine Menge Ärger. Und heute Nachmittag würde er ein paar gute Freunde besuchen, die noch im Tal wohnten, und sie informieren.

Er war müde. Er wollte nur noch ins Bett und den versäumten Schlaf nachholen, aber er musste unbedingt weiter nach der Waffe suchen, um unliebsamen Überraschungen zuvorzukommen. Mit ein wenig Glück würde sich das Blatt doch noch zu seinen Gunsten wenden. Der Garten war der logischste Ort, wo Giavazzi oder die Vardanegas die Waffe versteckt haben konnten, wenn er sie dort nicht fand, musste er das Haus auf den Kopf stellen. Vielleicht waren sie eingebrochen, als er nicht da war. Unwahrscheinlich, aber ausschließen konnte er es nicht.

Er lud die Einkäufe aus dem Kofferraum, räumte sie ein, machte sich ein Bier auf und ging wieder raus, um weiterzusuchen. Die Knarre konnte überall sein. Er beschloss, beim Zaun anzufangen, fand aber nichts. Während er einige alte Reifen zur Seite räumte, spürte er plötzlich, dass jemand hinter ihm stand. Er wirbelte herum, aber es war zu spät. Roberto Vardanega zog ihm eine Eisenstange über den Schädel. Während er fiel, sah er Michele näher kommen, einen Maurerhammer in der Hand.

„Du bist dran, jeder einen Schlag auf den Kopf, haben wir ausgemacht", drängte Roberto.

„Du hast es so gewollt, du Arsch", sagte Michele und hob den Arm.

Riga verlor das Bewusstsein und starb im Kofferraum des Autos der Vardanegas, während sie die Serpentinen der Hügel hochfuhren. In einem unlängst ausgelichteten Buchenwäldchen hoben die beiden eine tiefe Grube aus. Hier würde in den nächsten zehn Jahren niemand auftauchen. Nach einer kurzen Diskussion, in der wieder einmal klar wurde, dass in

Robertos Kopf nicht alles funktionierte, einigten sie sich darauf, dass die Leiche mit dem Gesicht nach unten in die Grube gelegt werden sollte, als Zeichen der Verachtung. Eingerollt in die Plastikfolie, die sie für den Transport benutzt hatten, eine Idee von Michele, um das Auto nicht dreckig zu machen. Blutflecken und DNA-Spuren gingen nie ganz weg, das wussten sie aus einer Fernsehsendung, die Sabrina gerne schaute.

Während sie ins Dorf zurückfuhren, ebbte das Adrenalin in ihrem Körper langsam ab. Michi wurde jetzt erst klar, was passiert war. Auf der einen Seite war er erleichtert, weil er und seine Familie nicht mehr in Gefahr waren, auf der anderen Seite quälte ihn die Vorstellung, nicht damit leben zu können, einen Menschen getötet zu haben. Dass es sich dabei um einen Kriminellen gehandelt hatte, war egal. Roberto dagegen war ungerührt, er beschimpfte Riga, malte sich aus, wie er gelitten hatte. Wie konnte er es wagen, ihre Frauen zu bedrohen? Er hätte mehr verdient gehabt als ein paar Schläge auf den Kopf.

Michele rekonstruierte den Ablauf ihrer Tat, um sicherzugehen, dass sie keine Fehler gemacht hatten. Rigas Forderung hatte sie in die Enge getrieben und sie hatten die Gelegenheit genutzt, ihn ein für alle Mal aus dem Weg zu räumen, auch wenn sie keine Zeit gehabt hatten, sich einen Plan zurechtzulegen. Nachdem er die Bar verlassen hatte, waren sie ihm mit dem Auto gefolgt und hatten dann auf den richtigen Moment gewartet. Als sie gesehen hatten, wie er in seinem Garten nach etwas suchte, hatten sie ihm ohne zu zögern mit einer Eisenstange und einem Hammer, die sie zufällig dort gefunden hatten, den Schädel eingeschlagen. Selbst bei Tageslicht war das

Risiko, entdeckt zu werden, gering. Das alte Haus lag abseits, vorbeikommende Jäger hätten das Gebiet in den frühen Morgenstunden wieder verlassen.

„Das Blut", kam Michele plötzlich in den Sinn, „wir haben die Blutflecken im Garten nicht weggemacht."

„Beim nächsten Regen sind die weg."

„Niemand darf wissen, dass Riga tot ist. Alle sollen denken, er sei abgehauen."

„Hör auf, mich mit deinem Verfolgungswahn zu stressen."

Robi hatte keine Lust mehr, ihm zuzuhören. Er drehte das Radio lauter und die Stimme von Marco Masini dröhnte aus den Boxen: „Es gibt eine Straße, die nach frischer Wäsche und Pastasoße riecht, wie schön ist doch das Leben."

Michi widersprach nicht. Weiterreden hatte keinen Sinn. Seit Robi auf Manera geschossen hatte, war der Einfluss auf ihn erheblich geschrumpft. Ihm war klar, dass im Kopf und im Herzen seines Cousins etwas nicht stimmte, und jeder Tag, den er länger mit ihm zu tun hatte, machte die Situation schwieriger. Er war davon überzeugt, dass er niemals einen armen Christenmenschen umgebracht hätte, wenn Roberto ihn nicht gedrängt hätte. Aber so einfach wurde er ihn nicht los, er und sein Cousin hatten zwei Schwestern geheiratet. Vielleicht war das die Strafe, weil er vom rechten Weg abgekommen war. Noch einmal erlebte er den Moment, als er Riga mit dem schweren Hammer gegen die Schläfe geschlagen hatte. Das strömende Blut, die Hirnmasse. Außerdem war die Sache überhaupt erst ins Rollen gekommen, als er von Riga die Waffe geliehen hatte. Er hatte darüber nachgedacht, seine Sünden zu beichten, um Vergebung zu erhalten, die es ihm möglich machen würde, in den kommenden Jahren wenigstens ein bisschen Seelenfrieden zu finden. Aber er wusste auch, dass ihm der Mumm fehlte, Don Raimondo gegenüberzutreten, seinem Priester aus Kindertagen. Er hatte seine ganze Familie und die von Sabrina gesegnet, bei Taufen, Hochzeiten, Begräbnissen. Schon als er im Beichtstuhl gekniet und ihm gestanden hatte, mit Freunden bei den Nigerianerinnen gewesen zu sein, hatte dieser ihm schwere Vorwürfe gemacht. Nicht auszudenken, wie er auf die Verbrechen reagieren würde, die er begangen hatte. Wahrscheinlich dürfte er nie wieder einen Fuß in die Kirche setzen. Priester waren zwar an das Schweigegelübde gebunden, aber Mord blieb Mord. Und bei Riga war es auch noch Vorsatz gewesen.

Stefano Clerici war der Erste gewesen, der ihm vorgeschlagen hatte, Riga umzubringen. Am Vorabend hatten sie sich in einem Park getroffen, wo die Mütter gerne ihre Kinder hinbrachten, weil sie dort ungestört vom Straßenverkehr spielen konnten.

Vardanega hatte sich bemüht, in der Zusammenfassung der Ereignisse und der Gedanken möglichst präzise zu sein, insbesondere was die Überlegungen von Signor Giavazzi anging. Der Finanzberater hatte ihm schweigend zugehört, den Mund vor Verblüffung leicht geöffnet.

„Er muss weg", hatte Clerici am Ende gesagt, „wenn wir anfangen, ihm Geld zu geben, wird er nie damit aufhören, uns zu erpressen."

„Und das heißt?"

„Er ist eine Gefahr für uns alle, wir müssen ihn verschwinden lassen."

„Verschwinden?"

Clericis Geduld war am Ende gewesen. „Erst umbringen und dann die Leiche verschwinden lassen, verbrennen zum Beispiel, oder was auch immer."

„Und wer soll das machen?", hatte Michele gefragt.

„Roberto und du, ich kann so was ganz bestimmt nicht."

„Und warum sollten wir das können?"

„Ihr habt schon gezeigt, dass ihr mit schwierigen Situationen umgehen könnt. Und wie Giavazzi richtig gesagt hat, es sind eure Frauen, die vielleicht als Huren für diesen Kriminellen anschaffen gehen müssen."

Michele war in diesem Moment klar geworden, dass Clerici eher ins Gefängnis gegangen wäre, als sich die Hände schmutzig zu machen. Das konnte er nicht. Er hatte dann versucht, noch etwas rauszuholen.

„Und was springt für uns dabei raus?"

„Ihr habt wieder ein ruhiges Leben", hatte Clerici geantwortet, „auf mehr können wir nicht hoffen, Geld ist keins mehr da. Federica hasst mich und wird mich nach Maneras Begräbnis als Finanzberater abservieren."

„Wir wollen kein Geld, wir brauchen Arbeit, und die kannst du uns besorgen."

„Das ist nicht so einfach, eure Vorstellungen sind unrealistisch. Erstens wollt ihr keine Zehe aus dem Tal setzen, zweitens habt ihr überzogene Lohnvorstellungen und drittens soll es was Qualifiziertes sein: So etwas gibt es hier nicht. Habt ihr noch nicht verstanden, dass wir eine globale Wirtschaftskrise haben?"

Michele hatte die Fäuste geballt und war mit bedrohlicher Mine einen Schritt auf ihn zugetreten. „Wenn du glaubst, dass wir einen Mann umbringen, der auch dir im Weg ist, und du uns dafür irgendeinen Scheißjob vermittelst, mit dem wir nicht mal unsere Familie ernähren können, dann hast du dich geschnitten."

Clerici hatte den Tonfall gewechselt. „Ich werde sehen, was ich machen kann, ich bitte euch nur, vernünftig zu sein."

Aber Michele war nicht bereit gewesen, sich so abspeisen zu lassen. „Weißt du, was passiert, wenn ich Robi von deiner kleinen Rede hier erzähle? Er nimmt sich so was schwer zu Herzen und wird dann richtig böse."

Clerici hatte beschwichtigend die Hände gehoben. „Immer eins nach dem anderen", hatte er gestammelt, bevor er zu seinem Auto gegangen und in der Dunkelheit verschwunden war.

Jetzt war das Problem Riga endgültig gelöst und Michi war fest entschlossen, Clerici unter Druck zu setzen. Kurz bevor Robi ausstieg, um sein Auto zu holen, das er vor der Bar geparkt hatte, fand Michi den Mut, ein besonders heikles Thema anzusprechen: ihre Ehefrauen.

„Ich habe beschlossen, Sabrina nichts von Riga zu erzählen. Bitte sag auch Alessia nichts."

„Warum?"

„Niemand darf davon wissen. Es muss ein Geheimnis zwischen uns bleiben."

„Was ist denn schlecht daran, ein Stück Scheiße aus dem Weg geräumt zu haben?"

„Ich bitte dich, versteh das doch."

„Wenn es dir so wichtig ist."

„Schwöre es!"

„Ich schwöre es beim heiligen Alessandro, reicht dir das?"

Michele Vardanega seufzte erleichtert. Niemand würde den Schutzpatron des Dorfes betrügen. Nicht mal sein Cousin.

Vor dem Haus schrieb er eine Nachricht an Stefano Clerici. Er wählte seine Worte mit Bedacht: „Erledigt. Du bist dran." Während er die Treppe hochging, fiel ihm auf, dass er voller Erde war. Zum Glück war Sabrina bei der Arbeit, sonst hätte er auf eine ganze Menge Fragen antworten müssen. Und er hatte es satt zu lügen.

7

Am nächsten Tag war im Dorf wieder Normalität eingekehrt. Die letzten Journalisten waren abgezogen, wie eine Belagerungsarmee, für die es nichts mehr zu holen gab. Und sie würden nicht wiederkommen. Die Witwe hatte klugerweise beschlossen, das Begräbnis in die Stadt zu verlegen, wo Bruno Manera in einem Mausoleum seine letzte Ruhe finden würde. Zur Mittagszeit betrat Maresciallo Piscopo entschlossen das Cavour. Er trank den alkoholfreien Aperitif des Hauses, um dabei den Mitgliedern der besseren Gesellschaft ein paar Informationen zukommen zu lassen. Sie würden dafür sorgen, dass sie sich im ganzen Dorf verbreiten.

Stefano Clerici saß mit Aurora Bellizzi und einigen anderen Gästen am Tisch. Die Frauen sprachen über das Kleid, das Federica an der Beerdigung tragen würde. Seine neue Freundin war in die Villa Pesenti bestellt worden, wo Federica von der Familie und Freundinnen von der Außenwelt abgeschirmt wurde. Federica hatte abwesend gewirkt. Aurora hatte den Eindruck, dass sie unter Beruhigungsmitteln stand, aber die anderen stellten andere Mutmaßungen an, die lang und breit diskutiert wurden. Unter dem schwarzen Mantel sollte Federica ein Kleid tragen, das andeutete, dass die Trauer vorübergehend war. Schon bald würde sie bereit sein, sich neu zu orientieren. Aurora Bellizzi hatte mit sicherer Hand ein Modell aus dem Jahr 1961 gewählt, ein schwarzes Etuikleid von Givenchy, das Audrey Hepburn in *Frühstück bei Tiffany* getragen hatte. Ernst, aber gleichzeitig auch „appetitanregend".

„Aber es ist ärmellos", hatte Ginevra Lussana eingeworfen, Erbin eines beachtlichen Textilunternehmens.

„Die Arme bedecken wir mit einem schwarzen Bolero-Jäckchen", hatte Aurora entschlossen erwidert. Und dann über die Schuhe gesprochen, natürlich schwarz, aber ohne Absatz und zum Schnüren. „Das wirkt unschuldig, ein bisschen schulmädchenhaft."

Die anderen waren zusammengezuckt. Dieser Satz konnte durchaus doppeldeutig sein. Aber Aurora hatte sie sofort beruhigt: „Das habe ich in der *Vogue* gelesen."

Clerici hatte den Frauen mit gespieltem Interesse zugehört, aber jetzt war er ganz auf den Maresciallo konzentriert, der vielleicht schon wusste, dass Riga verschwunden war. Piscopo stand am Tresen und wartete auf die Frage nach dem Stand der Ermittlungen.

Der Barmann tat ihm den Gefallen. Piscopo räusperte sich und sagte, dass er auf Bitten der Witwe an ihrer Befragung teilgenommen hatte. „Federica Pesenti wollte keinen Anwalt, sondern mich, um einen präzisen und korrekten Ablauf der Ermittlungen zu garantieren", sagte er triumphierend. „Natürlich darf ich nicht mehr sagen, außer, dass das Vermögen des Verstorbenen beträchtlich ist."

Während der Maresciallo weitere Details zum Besten gab, fragte sich Clerici, warum seine ehemaligen Geliebte eine Aussage machen und sich dabei von einem Carabiniere begleiten lassen wollte. Vielleicht war es nicht ihre Idee gewesen, sondern die ihres Vaters. Es könnte auch sein, dass sie Piscopo benutzte, um in den Augen der Dorfbewohner gut dazustehen. Giavazzi hin oder her, er musste unbedingt wieder ein freundschaftliches Verhältnis zu ihr aufbauen und ihr Vertrauen zurückgewinnen.

Aurora legte ihm eine Hand auf den Arm und riss ihn aus seinen Gedanken. „Wir gehen zusammen, oder?"

„Wohin?"

„Zur Beerdigung, über die wir gerade gesprochen haben."

„Entschuldige, ich war abgelenkt, ich habe Piscopo zugehört", erwiderte Clerici und ignorierte ihre Frage.

„Hat die Staatsanwaltschaft die Leiche schon freigegeben?"

Bevor der Maresciallo die Bar verließ, ging er an Clericis Tisch. Sie begrüßten sich mit den üblichen Höflichkeitsfloskeln. „Können Sie am frühen Nachmittag auf der Wache vorbeikommen? Die Sonderermittler prüfen Maneras Vermögensverhältnisse und ich brauche eine Aufstellung seiner Transaktionen im Tal."

War das eine Falle? Clerici versuchte sich der Situation zu entziehen, indem er einwarf, dass es in diesem Fall doch eine offizielle Anfrage der Staatsanwaltschaft geben müsse.

„Reine Zeitverschwendung. Die Bürokratie hält die Ermittlungen doch nur auf", antwortete der Maresciallo, „ich ziehe eine einfache und schnelle Lösung vor. Außerdem hat doch alles seine Richtigkeit, oder, Dottore? Wir haben doch nicht mit Überraschungen zu rechnen?"

„Auf gar keinen Fall."

„Dann erwarte ich Sie."

„Kann ich Ihnen das Material auch per Mail schicken?"

„Besser nicht, so können wir noch ein bisschen plaudern. Sie hatten als Einziger über längere Zeit Kontakt mit dem Opfer."

Clerici entschuldigte sich, ging auf die Toilette und ließ Wasser über sein Gesicht laufen. Er hatte nicht damit gerechnet, dass man ihn befragen würde. Er war nervös und fürchtete, etwas Falsches zu sagen, gestand er sich ein, als er sich im Spiegel ansah. Zurück am Tisch, gab er vor, einen Anruf seiner Sekretärin erhalten zu haben, und entschuldigte sich bei Aurora und ihren Freundinnen. Dann ging er direkt zur Bank. Er hoffte, ein paar Sätze mit dem Wachmann wechseln zu können.

Giavazzi stand auf seinem Posten. „Heute kein Mittagessen, Dottore Clerici?", fragte er überrascht.

„Keine Zeit, leider", antwortete Clerici und informierte ihn über Piscopos Bitte.

Der Wachmann zündete sich eine Zigarette an. „Die Kollegen jammern immer, dass ihnen bei der Arbeit zu kalt ist. Dabei wissen sie doch, dass jedes Jahr ein neuer Winter kommt. Und dann wieder einer. Sie lamentieren monatelang darüber. Ich nicht. Es ist eben so."

„Entschuldigung, aber was hat das damit zu tun?"

Giavazzi ging nicht weiter darauf ein. „Mir ist nie kalt, denn ich trage Unterwäsche und Kleidung, die für das Hochgebirge gemacht ist. Ich habe nachgedacht und eine Lösung für das Problem gefunden. Und so sollten Sie das auch machen."

Am liebsten hätte Clerici diesen Pseudophilosophen zum Teufel geschickt. Stattdessen verzog er den Mund zu einem

Lächeln und bedankte sich, dann ging er in sein Büro, wo er seiner neuen und überaus hübschen Sekretärin den Auftrag gab, die Dokumente auszudrucken, die der Maresciallo haben wollte. Leider war sie die Tochter eines Kollegen, von ihr musste er die Finger lassen.

Genau in diesem Augenblick betrat Roberto Vardanegas Frau Alessia Cappelli das Tony's, das neben dem Friseursalon lag, in dem ihre Schwester arbeitete. Wie immer um diese Zeit saß Sabrina dort und aß zu Mittag. Am liebsten allein. Sie hatte gerade eine Suppe bestellt. „Willst du dich zu mir setzen?", fragte sie.

„Gerne", antwortete Alessia und bestellte ebenfalls eine Suppe.

„Warum bist du nicht zu Hause und kochst für deinen Mann?"

„Robi ist im Einkaufszentrum."

Sabrina sah ihre Schwester an. Sie war nervös und hielt den Blick gesenkt, ein untrügliches Zeichen, dass etwas Ernsthaftes vorgefallen war. „Ich freue mich, dich zu sehen, aber ich würde lieber wissen, weshalb du hier bist."

„Gestern Mittag ist Robi völlig verdreckt nach Hause gekommen. Michi auch?"

„Keine Ahnung. Wie du dir denken kannst, war ich um diese Zeit nicht da."

„Als ich die Sachen heute Morgen in die Waschmaschine gesteckt habe, sind mir auch Blutflecken aufgefallen. Und als ich ihn danach gefragt habe, hat er gesagt, dass er gestern Morgen mit Michi in den Hügeln unterwegs gewesen ist und sie ein Wildschwein angefahren haben, das sie von der Straße gezogen haben. Dabei haben sie sich dreckig gemacht."

„Er hat mir nichts erzählt", sagte Sabrina, „vielleicht hat das Auto etwas abbekommen und er will es reparieren, ohne dass ich etwas davon mitbekomme und mich aufrege. Das ist doch nicht schlimm, warum schaust du so?"

„Er hat danach alles verbrannt. Auch die Schuhe und die Jacke. Und jetzt kauft er sich neue. Er wirft unser bisschen Geld zum Fenster raus."

„Aber deshalb machst du dir keine Sorgen, oder?"

„Robi sagt mir immer alles, aber jetzt verschweigt er mir etwas und erzählt irgendwelche Lügen. Das passt nicht zu ihm."

Die Suppen kamen und die Schwestern unterbrachen das Gespräch. Plötzlich griff Sabrina nach dem Telefon und rief Michi an. „Wie groß war das Wildschwein?", fragte sie unvermittelt.

„Ziemlich groß", antwortete ihr Mann nach kurzem Zögern.

„Und das Auto hat viel abbekommen?"

„Erstaunlich wenig, ich habe es nur gestreift."

„Hast du deine Klamotten gewaschen?"

Michele schwieg und Sabrina konnte ihn seufzen hören. „Sie waren ziemlich dreckig und zerrissen, ich habe sie weggeworfen."

„Wo bist du gerade?"

„Ich bin mit Robi unterwegs, wir schauen uns die Schaufenster an, vielleicht finden wir ein paar Angebote."

Ohne sich zu verabschieden, legte sie auf. „Sie haben sich abgesprochen und erzählen uns irgendwelche Geschichten."

„Ich schneide ihm den Schwanz ab, wenn er das Maul nicht aufmacht", zischte Alessia.

„Nein", entgegnete ihre Schwester, „wenn sie sich so verhalten, kann das nur bedeuten, dass sie uns schützen wollen. Geben wir ihnen ein bisschen Zeit, dann werden sie uns alles erzählen, du wirst sehen."

Sabrina wusste, dass das nicht stimmte. Sie wollte nur vermeiden, dass Alessia Roberto unter Druck setzte, bei den beiden wusste man nie, was passieren konnte. „Sie brauchen dringend einen Job, sonst machen sie nur Unsinn", fügte sie hinzu.

Sobald Aurelio im Bett wäre, würde sie von Michi verlangen, dass er die Wahrheit sagt, und er würde sie ihr nicht verschweigen. Doch ein Teil von ihr fürchtete, dass sie die Antwort schon kannte: Das Blut auf der Kleidung stammte nicht von einem Wildschwein.

Stefano Clerici betrat die Polizeiwache, er hatte einen Ordner unter dem Arm und gab sich betont gelassen. Milesi empfing ihn und brachte ihn ins Büro des Comandante. Piscopo stand auf und streckte ihm die Hand entgegen. „Danke, dass Sie gekommen sind." Er nahm den Ordner und legte ihn beiseite, ohne ihn eines Blickes zu würdigen. „Was für ein Mensch war Bruno Manera?"

„Ich kenne ihn nur als Finanzberater."

„Eben. War er risikofreudig, was seine Geschäfte anging?"

„Nein, im Gegenteil, er war sehr vorsichtig. Ich habe ihm lukrative Investitionen angeboten, was die Rendite betrifft, aber wenn sie ihm zu gewagt erschienen, hat er immer abgelehnt."

„Und wie haben Sie ihn eingeschätzt?"

„Als vorsichtigen Investor, der eher daran interessiert war, das vorhandene Vermögen zu erhalten, als noch reicher zu werden."

„Halten Sie es für möglich, dass er mit den finanziellen Transaktionen hier im Tal Geld gewaschen hat?"

„Das schließe ich aus. Außerdem hatte das Paar Gütergemeinschaft, und Signora Pesenti verfolgte die geschäftlichen Aktivitäten ihres Mannes sehr aufmerksam."

„Mir gegenüber können Sie sie gerne auch Federica nennen", sagte Piscopo freundlich, „ich weiß, dass sie als Jugendliche ein Paar waren."

Clerici errötete. „Ehrlich gesagt war das eine eher oberflächliche Geschichte ohne jede Bedeutung, danach haben wir uns zwanzig Jahre nicht mehr gesehen."

„Aber die Sonderermittler interessieren sich trotzdem dafür", vertraute ihm der Maresciallo an, „die Kollegen aus der Zentrale wollen auch die Beziehung der Eheleute unter die Lupe nehmen, sie schließen nichts aus, auch Motive wie Leidenschaft oder Habgier kommen infrage. Der Altersunterschied zwischen Federica Pesenti und Bruno Manera hat sie stutzig gemacht und sie wollen herausfinden, ob Federica Männergeschichten hatte. Sie sind der Erste auf der Liste. Zum Glück ist die Spur eher dünn, ich kann sie ohne großen Aufwand davon überzeugen, dass sie in dieser Richtung nicht weitersuchen müssen."

Clericis Herz pochte so wild, dass er fürchtete, Piscopo könnte es hören. „Gut, denn das wäre wirklich verschwendete Zeit, die man besser für die Ermittlungen verwenden sollte", brachte er heraus.

„Wenn man mich richtig informiert hat, war die Ehe in einer ernsthaften Krise. So wie es aussieht, liebte Federica ihn nicht mehr."

„Darüber weiß ich nichts. Vielleicht eines der Gerüchte, die es hier im Tal immer wieder gibt, besonders wenn es um die Reichen geht?"

„Das denke ich auch. Die Quelle ist ein Stammgast aus dem Cavour. Sie wissen ja, Gerüchte verbreiten sich schnell. Viele denken ja, es würde mir Spaß machen, Einzelheiten über die Ermittlungen preiszugeben, und halten mich für einen alten Angeber. Aber glauben Sie mir: Aus meinem Mund kommt nur das, was für die Ermittlungen von Vorteil sein könnte. Ich sorge dafür, dass mein Gegenüber redet, und immer fühlt man sich bemüßigt, mir Informationen über andere anzuvertrauen. Ein Teufelskreis, der es mir erlaubt, die Dinge unter Kontrolle zu halten und Ruhe und Frieden im Dorf zu garantieren."

Eine Weile herrschte Schweigen. Piscopo schien die Situation zu genießen.

„Warum erzählen Sie mir das alles?", fragte Clerici schließlich.

„Weil ich möchte, dass die Kollegen aus der Stadt ihre Nase aus meinem Revier raushalten", sagte der Maresciallo entschlossen, „Ihre Position ist heikel, weil Sie mit Federica Kontakt haben, auch wenn es nur auf rein geschäftlicher Ebene ist. Nicht auszudenken, wenn Gerüchte über eine etwaige Affäre zwischen Ihnen beiden auftauchen würden."

„Aber ich habe eine feste Freundin", stammelte Clerici.

„Aurora Bellizzi, ich weiß, aber das ist nicht amtlich. Die Gefahr geht auch nicht von ihr, sondern von der Witwe aus.

Ich muss Ihnen ja nicht erklären, wie empfindlich Frauen in Sachen Gefühle sind."

„Ich schwöre Ihnen bei meiner Ehre, dass ich nie …"

Piscopo hob abwehrend die Hand. „Mehr gibt es nicht zu sagen, wir haben uns verstanden."

Der Finanzberater verließ die Wache mit schlotternden Knien. Der Maresciallo hatte rein gar nichts verstanden und er dankte dem heiligen Alexander, dass Piscopo die Kollegen aus der Stadt überzeugt hatte, ihn von der Liste der Verdächtigen zu streichen. Er musste jetzt sehr vorsichtig sein, um etwaige Gerüchte zu verhindern. In dieser Hinsicht war Aurora ein Geschenk des Himmels, er musste sich unbedingt gut mit ihr stellen. Sie wusste Bescheid und konnte ihm echte Schwierigkeiten machen.

Sabrina stellte das Abendessen auf den Tisch und setzte sich. Sie fixierte ihren Mann und wandte den Blick nicht mehr ab. Die Botschaft war klar: Sie würde Fragen stellen und hatte keine Lust, sich irgendwelche Geschichten anzuhören. Michele wäre vor Schreck fast gestorben, als sein Cousin ihm erzählt hatte, dass Alessia die Blutflecken auf seiner Kleidung bemerkt hatte. Sabrinas Anruf, während sie im Einkaufszentrum gewesen waren, hatte sie endgültig demaskiert. Michi hatte sich den Kopf zerbrochen, aber keine Lösung gefunden. Robi hatte beim heiligen Alexander geschworen und würde nicht mal unter Folter etwas verraten. Und er konnte seiner Frau nicht sagen, dass er mit einem Hammer den Schädel eines Mannes eingeschlagen hatte. Sie würde ihn zum Teufel jagen. Sabrina nahm Aurelio an der Hand und brachte ihn ins Bad, damit er sich die Zähne putzte, dann begann sie die Küche aufzuräumen. Michele blieb noch eine halbe Stunde, um sich eine plausible Geschichte einfallen zu lassen.

Die Zeit verging schnell, sie flog geradezu dahin. Michi saß auf dem Sofa, seine Frau stand vor ihm. Sie war angespannt, ihr Mund war verzerrt, fast wie bei seiner Großmutter Maria Eugenia nach ihrem Schlaganfall.

„Was habt ihr dieses Mal angestellt?"

„Wir haben unsere Familien verteidigt."

„Was zum Teufel soll das heißen?"

„Das kann ich dir nicht sagen, aber ich schwöre dir bei Aurelios Leben, dass wir keine andere Wahl hatten. Maneras Mörder wollte uns erpressen und wenn wir nicht gezahlt hätten, wollte er dich und Alessia auf den Strich schicken."

„Von wem redest du?"

„Von Riga."

„Den kenne ich vom Sehen."

„Und damit ist alles gesagt, mehr werde ich nicht erzählen."

Aber Sabrina ließ nicht locker. „Und dieses Drecksstück wollte tatsächlich, dass die Schwestern Cappelli für ihn auf den Strich gehen."

„Genau."

„Ihr habt also nur eure Frauen beschützt."

„Ohne auch nur einen Augenblick darüber nachzudenken."

„Und ohne mir Bescheid zu sagen. Ich habe dich gewarnt, du sollst mir alles sagen."

„Das stimmt und ich habe dir versprochen, dass es nicht mehr vorkommt, aber ich hatte Angst, dich zu verlieren.

Manchmal ist die Wahrheit so schlimm, dass man Menschen danach mit anderen Augen sieht, selbst wenn man sie kurz zuvor noch geliebt hat."

Sabrina beugte sich zu ihm und nahm ihn in den Arm. Er presste seinen Kopf an ihren Bauch. „Ich werde dich immer lieben, Michi. Aber wenn du dich nicht wie ein echter Ehemann und Vater benimmst, dann werfe ich dich raus. Mit deinen Blödheiten zerstörst du noch unsere Familie. Ab heute bestimme ich, wo es langgeht."

Michele Vardanegas Augen füllten sich mit Tränen. Sabrina hatte recht, es war besser, wenn sie das Kommando übernahm.

Nach dem Abschluss der gerichtsmedizinischen Untersuchung wurde Bruno Maneras Leichnam zur Beerdigung freigegeben, nur eine Woche nach der Tat. Das von Jacopo Pesenti beauftragte Beerdigungsinstitut kümmerte sich auch um die Veröffentlichung der Nachrufe und die Bekanntmachung des Begräbnistermins.

Am Vorabend der Bestattung fuhr Federica in die Stadt, wo sie ein Apartment besaß, in dem sie vor ihrer Heirat gewohnt hatte. Ein Verwalter und eine Angestellte hatten sich seitdem darum gekümmert. Kaum war sie über die Schwelle getreten, wurde ihr klar, wie wohl sie sich hier gefühlt hatte. Aber gleichzeitig wurde ihr bewusst, dass die Stadt sie vernichten würde. All ihre Freundschaften waren mit Bruno verbunden, an neue war nicht zu denken. Schon als sie aufs Land zurückgekehrt war, hatte sie sich von ihrem Leben in der Stadt losgesagt, aber jetzt war der Zeitpunkt gekommen, die Brücken endgültig abzubrechen. Sie versuchte zu schlafen, aber Bruno zu Grabe zu tragen war eine Prüfung, von der sie nicht wusste, ob sie sie bestehen würde. In der Öffentlichkeit seinen Schmerz zu zeigen war in der Familie Pesenti nur dosiert und sehr diskret üblich. Selbst das musste Klasse haben. Federica fürchtete, sie würde diesem Anspruch nicht gerecht werden, weil es so schwierig war, sich von einem Mann zu verabschieden, den sie gar nicht geliebt hatte. Aber sie fühlte sich schuldig. Furchtbar schuldig. Ihre Freundinnen hatten versucht, sie zu beruhigen. Der Gedanke, dafür verantwortlich zu sein, dass Bruno aufs Land gezogen war, löste tiefe Verzweiflung in ihr aus.

„Die Psychologen kriegen dich schon wieder hin, wenn du sie gut genug bezahlst. Ein paar Gespräche und ein paar Pillen und dann vergeht das", hatte Sara Locatelli gesagt, deren Ehe gerade frisch vom Kirchengericht annulliert worden war, weil ihr Mann verschwiegen hatte, dass er unfruchtbar war. „Wir müssen das Leben nicht erdulden, sonst wird es unerträglich. Das Leben muss uns erdulden, das haben wir schon als Kinder gelernt."

Sie hatte recht. Aber Federica hatte all das vergessen und einen Fehler nach dem anderen gemacht. Erst die Ehe mit Bruno Manera, dann die Affäre mit Stefano Clerici, der sie in etwas hineingezogen hatte, das sie vor Gericht und vielleicht sogar ins Gefängnis bringen konnte.

Sie musste einen Schlussstrich unter ihr bisheriges Leben ziehen. Und die Prüfung, die ihr am nächsten Morgen bevorstand, war nur die erste in einer langen Reihe. Sie stand auf und vergewisserte sich, dass sie die Tabletten genommen hatte, die Dottore Cornolti ihr für den Anlass verschrieben hatte.

„Nehmen Sie zwei, eine halbe Stunde vor der Trauerfeier", hatte er ihr geraten, „dann wird alles gut gehen."

Als der Wecker klingelte, hatte sie bereits den ersten Kaffee getrunken. Sie zog sich an und schminkte sich sorgfältig. Die Fotografen würden sie als Erste ins Visier nehmen.

Als sie vors Haus trat, wartete dort bereits ein Chauffeur der Firma Pesenti und öffnete ihr die Tür der Limousine. Vor der Chiesa di Sant'Agata del Carmine wurde sie sofort Teil der Inszenierung, die ihre Verwandten und Freundinnen geplant hatten, sie wurde in die Kirche geführt. Rechts und links standen Journalisten und Fernsehkameras und sie musste widerwillig einige respektlose Fragen erdulden, die man ihr zuschrie, was die Wut ihrer Freunde erregte. Ihr Platz war in der ersten Reihe. Sie starrte auf einen Sarg aus Nussbaum. Er gefiel ihr nicht, aber sie hatte vermeiden wollen, sich den ganzen Katalog des Bestattungsinstituts anzusehen, und einfach gesagt: „Den teuersten."

Auf den Bänken an den Seiten saßen Freunde und Bekannte von Bruno, die sich von ihm verabschieden wollten. Es waren viele und es war offensichtlich, dass ihre Trauer echt war. In diesem Augenblick wurde Federica klar, wie wenig sie von dem Mann wusste, den sie geheiratet hatte. Und umso weniger verstand sie, warum er die Stadt verlassen hatte und mit ihr ins Tal gezogen war, an dessen Ende es nicht mal einen Ausgang gab. Hatte er sie so sehr geliebt? Am liebsten hätte sie geschrien, geweint, ihre Angst laut hinausposaunt. Aber die Tranquilizer hinderten sie daran, sie saß kerzengerade und konzentriert auf ihrem Platz, wie ein Soldat bei der Parade.

Sie konnte es kaum erwarten, diese Qual hinter sich zu bringen, als sie plötzlich ein Freund von Bruno bat, etwas Persönliches sagen zu dürfen. Sie kannte ihn nicht. Aber schon als sie seine ersten Worte hörte, wurde ihr klar, dass die beiden seit mehr als dreißig Jahren befreundet gewesen waren. Er sprach von Bruno, von seiner ersten Frau, aber Federica erwähnte er mit keinem Wort. Er endete mit einem Satz, der wie eine Anklage klang: „Adieu, Bruno, mein lieber Freund. Ruhe in Frieden. Wir werden die Wahrheit herausfinden und den bestrafen, der dich aus unserer Mitte gerissen hat. Wir werden mit dem tiefen Bedauern weiterleben, dich nicht davon abgehalten zu haben, uns den Rücken zu kehren."

Federica hätte ihm gerne ein „verschwinde, du Arsch" hinterhergeschrien, aber sie musste sich damit begnügen, zu Boden zu starren und den Angriff zu kassieren. Es spielte keine Rolle, dass der Mann recht hatte. Jetzt war es zu spät und schon Kinder wussten, dass man die Fehler der Vergangenheit nicht wiedergutmachen konnte.

Während der Sarg nach draußen auf den Friedhof getragen wurde, schickten sich die Ordnungskräfte an, die Leute, die Federica kondolieren wollten, zu sortieren. Es gelang ihnen aber nicht, Federica musste Hände schütteln und Menschen aus dem Dorf auf die Wangen küssen. Der Einzige, den sie wirklich nicht sehen wollte, war Manlio Giavazzi, der ihr ins Ohr flüsterte: „Ich muss Sie sehen. Sonntagabend bei mir." Sein Atem roch nach Wein und Zigaretten.

Als sie ins Auto stieg, fiel ihr die Gruppe von Brunos Freunden auf, die von Journalisten umlagert waren, der Mann, der die Rede gehalten hatte, stand im Zentrum des Interesses.

Auf den Friedhof waren nur wenige Menschen gekommen, es nieselte. Federica bemerkte, dass das ausgehobene Grab neben dem seiner ersten Frau Annabella lag. Als Bruno es gekauft hatte, war ihr nicht mal im Ansatz die Frage in den Sinn gekommen, warum er sich diesen Platz für seine ewige Ruhe ausgesucht hatte. Sara Locatelli, die wie immer einen Sinn für das Praktische hatte, stellte sich so, dass man die Inschrift auf dem Stein des Nachbargrabs nicht lesen konnte.

Im Dorf war es Brauch, nach der Trauerfeier ein Glas trinken zu gehen. In der Stadt gab es diese Tradition nicht, aber Jacopo Pesenti hatte einen Nebenraum in einer bekannten Bar im Zentrum gemietet, wo man mit einigen Flaschen erlesenem Franciacorta auf den Verstorbenen anstieß. Federica hatte die Warnung ihres Arztes, keinen Alkohol zu trinken, solange die Tabletten wirkten, missachtet und fiel in einen Zustand tiefer Apathie.

Erst im Morgengrauen kam sie wieder zu sich. Sie lag im Bett und trug ein Nachthemd. Im Nebenzimmer schlief ihre Mutter. Sie stand auf, zwang sich, einen Kaffee zu trinken, und suchte in Anbetracht des Geschehens vom Vortag in der Online-Ausgabe der Tageszeitung nach dem Artikel über die Trauerfeier. Sie hoffte, dass Brunos Freunde nicht allzu viel Wind gemacht hatten. Vergeblich.

„Bruno Maneras Freunde erinnern an ihn und versichern: Der Mörder ist im Tal zu suchen. Das Vorgehen der Ermittler ist völlig unverständlich."

Der Trauerfeier waren zwei komplette Seiten gewidmet oder, besser, den Aussagen derer, die die Gelegenheit genutzt hatten, das Bild von Bruno Manera voller Schattenseiten geradezurücken. Ein Bild, das die Ermittler und auch die Staatsanwaltschaft längst übernommen hatten. In einem Kommentar schrieb der Chefredakteur, dass er sich mehr Klarheit wünschte. Da er die Sonderermittler und die Staatsanwaltschaft nicht offen attackieren konnte, hatte er sie stilsicher und gekonnt in ein schlechtes Licht gerückt, insbesondere Maresciallo Piscopo bekam sein Fett weg.

Schlimmer hätte es nicht werden können.

Federica ging unter die Dusche und bereitete sich auf ein Treffen mit Dottore Pierpaolo Gianola vor, Brunos Steuerberater. Nach allem, was ihr Mann in den letzten Jahren erzählt hatte, war er auch ein enger Vertrauter bei seinen Geschäften gewesen.

Sie bat den Taxifahrer, vor einem Kiosk anzuhalten. Sie kaufte die Lokalzeitung, den Artikel über ihren Mann hatte sie online so oft gelesen, dass sie einige Passagen auswendig zitieren konnte, sie wollte ihn dem Steuerberater unter die Nase halten, damit gleich klar war, wie die Dinge lagen.

Und zehn Minuten später tat sie genau das. Gianola schob die Zeitung beiseite und sagte entschlossen: „Ich bedauere den Tod Ihres Mannes zutiefst, ich werde ihn immer in guter Erinnerung behalten. Ich kannte auch seine Frau aus erster Ehe sehr gut und empfand bei ihrem Tod genau das Gleiche, sie war eine außergewöhnliche Persönlichkeit. An dem Tag, als Bruno mir mitgeteilt hat, dass Sie in sein Leben getreten sind, habe ich ihn nach vielen Jahren endlich wieder glücklich gesehen. Ich habe nichts gegen Sie und außerdem habe ich gelernt, dass man der Presse nicht trauen kann."

„Ihnen allerdings möchte ich gerne trauen können", erwiderte Federica Pesenti. „Ich hoffe, Sie werden sich weiter um das Vermögen und die Geschäfte kümmern, die Erbschaftsangelegenheiten regeln sowie die Termine mit dem Notar und den Banken wahrnehmen. Ich möchte Ihnen das übertragen."

„Sehr gerne."

„Auch die Investitionen im Tal."

„Das wurde auch Zeit. Dieser Finanzberater, mit dem Sie es dort zu tun haben, scheint mir nicht sehr kompetent zu sein." Er hob entschuldigend die Hände. „Sagen Sie jetzt nichts. Ich weiß, dass Sie mit ihm befreundet sind, Bruno wollte nicht, dass ich mich einmische, aber das kann man besser machen."

„Machen Sie sich keine Gedanken, Dottore Gianola. Ich bin einverstanden und es wird sich für alles eine Lösung finden lassen."

8

Sonntagabend trudelten Giavazzis Gäste nach und nach und in aller Heimlichkeit ein. Als Erster kam Michele Vardanega, dann Stefano Clerici und als Letzte Federica Pesenti, die sich für ihre kleine Verspätung entschuldigte. Tatsächlich war sie jedoch schon vor den beiden anderen vor Ort, aber im Auto sitzen geblieben, um sich zu sammeln und zu überlegen, wie sie dem Wachmann gegenübertreten wollte. Ihr Mann musste wirklich einsam und verzweifelt gewesen sein, um sich einer solchen Null anzuvertrauen. Und sie war dafür verantwortlich, weil sie ihn betrogen, verlassen und verletzt zurückgelassen und sich in ihre Affäre mit Stefano geflüchtet hatte. Sie hatte all die Lügen geglaubt, die ihr Ex-Freund ihr erzählt hatte, hatte so getan, als merke sie nicht, wie er sie manipulierte. Jedes Mal, wenn sie ihn gesehen hatte, waren ihr vor Verlangen die Knie weich geworden. Während sie noch in Schuldgefühlen badete, war ihr ein Typ aufgefallen, den sie kurze Zeit später als Michele Vardanega identifiziert hatte, den Mann der Haarewäscherin. Er hatte an der Tür des Wachmanns geklopft. Kurze Zeit später war auch Clerici eingetroffen. Sie war versucht gewesen, wieder nach Hause zu fahren, aber nach allem, was sie in diesen verwirrenden und traurigen Tagen erfahren hatte, konnte keiner von beiden der Mörder ihres Mannes sein. Vielleicht hatte der Wachmann dieses Treffen aber auch organisiert, um sie zu demaskieren. Wie auch immer, sie musste der Sache auf den Grund gehen, um heil aus dieser bedrohlichen und heiklen Lage herauszukommen. Ob der Schuldige an Brunos Tod dann seine gerechte Strafe finden würde oder nicht, interessierte sie nur am Rande, das hatte nicht oberste Priorität. Sie musste zuerst einmal an sich denken. Seit drei Tagen nahm sie keine Psychopharmaka mehr, damit sie wieder klar denken konnte. Sie stieg aus, ging mit unsicheren Schritten auf das Haus zu und hoffte, dass sie niemand sehen würde. Giavazzi empfing sie mit einer angedeuteten Verbeugung und brachte sie ins Wohnzimmer. Federica bemerkte die Überraschung auf den Gesichtern der beiden anderen, offensichtlich wussten sie nicht, dass sie auch dabei sein würde. Sie ignorierte Stefanos Gruß und blieb stehen, den Blick auf Michele Vardanega gerichtet, der auf einem Sessel saß. Es dauerte eine Weile, bis ihm klar wurde, dass er ihr seinen Platz überlassen sollte. Daraufhin setzte er sich neben Stefano aufs Sofa. Um nichts auf der Welt hätte Federica sich dort niedergelassen.

Giavazzi räusperte sich, hielt ein Glas Marrons glacés in die Höhe und betrachtete den Inhalt im Schein der Lampe. Er wirkte wie ein Priester beim Abendmahl. „Jetzt lasse ich Sie meine Produktion aus diesem Jahr probieren", sagte er in feierlichem Ton, „ich glaube, sie sind perfekt. Das ist meine Art, meinen Sohn Adamo für meine Arroganz als Vater um Verzeihung zu bitten. Ich dachte, als Erwachsener hätte ich alles verstanden und könnte jedes Problem lösen."

Federica machte sich gar nicht erst die Mühe, ihr Missfallen diesem bizarren Schauspiel gegenüber zu verheimlichen, aber der Wachmann fuhr unbeirrt fort. Teller, Bestecke und Gläser standen schon bereit und die Gäste probierten, dabei schwiegen sie verlegen.

„Sehr gut", sagte Clerici knapp.

„Wirklich außergewöhnlich", schloss sich Vardanega an.

„Der Cognac taugt nichts, falls das überhaupt Cognac ist", kritisierte Federica Pesenti, „er hat einen säuerlichen Nachgeschmack und ruiniert das Aroma der Kastanien. Auch der Zucker ist minderwertig."

Giavazzi riss überrascht den Mund auf, Kritik hatte er nicht erwartet, besonders eine so harsche nicht. Sonst bekam er immer nur Komplimente, selbst wenn sie nicht aufrichtig waren, entsprachen sie doch dem guten Ton. „Wie gut die Kastanien sind, die Sie sich leisten können, Signora Manera, wissen wir natürlich nicht", spielte er den Ball zurück.

Federica schluckte den Seitenhieb. Niemand im Dorf erlaubte sich, sie mit dem Namen ihres Ehemanns anzusprechen. Sie setzte ein entschuldigendes Lächeln auf. „Ich war unhöflich, Signor Giavazzi", sagte sie mit falscher Freundlichkeit, „aber in Anwesenheit dieser beiden Individuen, die meinen Mann erst angegriffen und dann ermordet haben, tue ich mich schwer damit, von kulinarischen Genüssen zu sprechen."

Vardanega und Clerici begannen sich zu rechtfertigen, wiesen die Verantwortung für den Mord weit von sich und spielten ihre Rolle bei den vorangegangenen Ereignissen herunter, aber der Wachmann brachte sie zum Schweigen. „Sie irren sich, Signora, die beiden haben Bruno nicht umgebracht."

„Wer dann?"

„Fausto Righetti, genannt Riga."

„Und wer ist das?"

„Ein vorbestrafter Krimineller aus dem Dorf. Skrupellos und unbarmherzig."

„Haben Sie Maresciallo Piscopo schon informiert?"

„Das kam mir nicht in den Sinn", stellte Giavazzi klar, „aber das ist jetzt auch nicht mehr wichtig, der Schuldige hat eine härtere Strafe erhalten."

„Was soll das heißen?"

Giavazzi deutete mit dem Zeigefinger auf Michele und Stefano. „Riga ist plötzlich verschwunden. Niemand hat ihn gesehen, von den Einzelheiten ist noch nichts bekannt, aber ich bin mir sicher, dass diese beiden ihn aus dem Weg geräumt haben."

„Was?", Federicas Stimme überschlug sich.

„Es waren die Vardanegas", stellte Clerici prompt klar, um sich aus der Affäre zu ziehen. „Ich habe nichts Schlimmes getan, dazu wäre ich gar nicht fähig."

„Aber du hast doch gesagt, dass wir ihn loswerden müssen. Du schickst die anderen vor und machst dir die Hände nicht schmutzig."

„Er hat uns erpresst, er wollte 150 000 Euro, und das wäre sicher nicht das Ende gewesen, wir hatten keine andere Wahl", rechtfertigte sich Clerici.

Giavazzi wandte sich an Michele „Ich hoffe für uns alle, dass Riga an einem sicheren Ort ruht."

„Todsicher."

Federica sprang auf. „Ich möchte nichts mehr hören."

„Setzen Sie sich", sagte Giavazzi in einem Ton, der keinen Widerspruch duldete, „wir sind noch nicht fertig."

Sie setzte sich und griff dann Stefano direkt an: „Es ist alles deine Schuld, du bist ein geldgieriger verachtenswerter Jammerlappen."

„Aber wenn Sie Bruno nicht betrogen hätten, wäre er jetzt noch am Leben", bremste sie der Wachmann ein.

„Wie können Sie es wagen!", empörte sich Federica.

„Das Recht nehme ich mir. Ich war der einzige Freund, den Ihr Mann im Dorf hatte, ich weiß, wie sehr er unter dem Schmerz gelitten hat, den Sie ihm zugefügt haben. Ich habe ihn weinen sehen und es gab nichts, was ihn trösten konnte."

Seit Menschengedenken hatte es niemand gewagt, so mit einer Pesenti zu sprechen.

Giavazzi wusste, dass er es übertrieben hatte, aber er hatte die Kritik dieser Frau an seinen Marrons glacés noch immer nicht überwunden.

Die Witwe reagierte, wie zu erwarten, mit Stil: „Ich kenne meine Verantwortung, Signor Giavazzi. Sie wissen genau, dass ich nicht gegen das Gesetz verstoßen habe."

„Da haben Sie recht, aber diese beiden Dilettanten", er deutete auf Michele und Stefano, „haben Riga umgebracht, ohne sich um wichtige Details zu kümmern. Und Sie damit in eine schwierige Situation gebracht. Sie laufen Gefahr, im Gefängnis zu landen."

Im Wohnzimmer kehrte Stille ein. Die Angst war mit Händen zu greifen. Jetzt hatte der Wachmann die uneingeschränkte Aufmerksamkeit der anderen und fuhr fort: „Von der Tatsache, dass die Vardanegas mehrmals mit ihren Handys telefoniert haben, einmal abgesehen, haben sie die Situation unterschätzt und Rigas Motiv missachtet. Hätten sie wenigstens ein bisschen nachgedacht, wäre ihnen aufgefallen, dass der Mörder Brunos Notizbuch gefunden und an sich gebracht hat. Eine Art Tagebuch, das er auf mein Anraten hin geschrieben hat, um die Affäre zwischen Ihnen, Signora, und Ihnen, Stefano, aufzudecken. Er hatte es immer bei sich, aber bei der Leiche hat man es nicht gefunden."

„Was für ein Notizbuch?", fragte Michi.

Stefano und Federica wussten genau, worum es ging, und warfen sich besorgte Blicke zu.

„Wenn das an die Öffentlichkeit kommt, kann euch niemand mehr helfen", sagte der Wachmann, ohne Zeit mit einer Antwort auf Micheles Frage zu verschwenden. „Aber auch die Pistole kann gefährlich werden, ich frage mich, wo Riga sie versteckt hat, sein perverses Kriminellengehirn steckt voller kranker Ideen. Wenn er es mit Erpressung versucht hat, liegt sie sicher nicht unter seinem Bett. Vielleicht hat er sie in einem eurer Gärten versteckt. Für den Fall, dass ihr nicht gezahlt hättet, hätte ein anonymer Anruf genügt, damit die Polizei sie findet, vielleicht zusammen mit dem Notizbuch. Ich ahne, was ihr denkt: Jetzt, da er tot ist, kann er niemand mehr anrufen. Das stimmt. Aber ihr habt nicht darauf geachtet, ob er vielleicht einen Komplizen hatte oder, besser gesagt, eine Komplizin. Soweit ich weiß, ging er oft zu einer Prostituierten, einer Ungarin, so wie es aussieht, war sie auch oft bei ihm zu Hause."

Giavazzi konnte sich angesichts der entsetzten Mienen seiner Gäste ein zufriedenes Grinsen nicht verkneifen. Er wartete, bis sie wirklich verstanden hatten, wie gefährlich die Situation war, dann zog er sein Ass aus dem Ärmel.

„Zum Glück habt ihr in mir einen Mann der Vorsehung getroffen", sagte er und schlug sich auf die Brust. „Ich habe euch versprochen, dass wir die Sache unter uns lösen, und so wird es auch sein. Ich kümmere mich um eventuelle Mitwisser, suche nach dem Notizbuch und nach der Waffe und am Schluss könnt ihr alle wieder ruhig schlafen."

Vardanega und Clerici bedankten sich wortreich, während Federica skeptisch blieb und das Puzzle zusammenzufügen versuchte. „Warum sind Sie so fest davon überzeugt, dass Ihnen das gelingen wird? Sie sind allein, haben kein Geld und …" Dann brach sie ab, obwohl sie gerne hinzugefügt hätte: „… keine Erfahrung als Ermittler." Zu spät, der Wachmann hatte ihr Zögern bemerkt.

„Und Sie sind kein erfahrener Kriminalbeamter wie dieser aufgeblasene Süditaliener Piscopo", vervollständigte Giavazzi in amüsiertem Tonfall ihren Satz.

„Das habe ich nicht mal gedacht", versuchte Federica wenig überzeugend abzuwehren.

„Natürlich haben Sie das. Wenn Sie wollen, dass ich Ihnen den Arsch rette, müssen Sie mich schon darum bitten."

Clerici schaltete sich ein, er kannte seine Ex-Geliebte nur allzu gut. „Signor Giavazzi, das ist nicht nötig, Sie haben unser vollstes Vertrauen."

„Das möchte ich von der Signora hören", ließ der Wachmann nicht locker.

„Ja, ich möchte, dass Sie mir den Arsch retten, und ich will nichts mehr von dieser schrecklichen Geschichte hören", sagte Federica und sah ihn herausfordernd an.

Giavazzi nickte. „So ist es besser."

Die Witwe griff nach ihrer Tasche und verließ grußlos das Haus.

„Ihr beiden bleibt", befahl der Wachmann und servierte weitere Marrons glacés, „wir müssen noch über etwas anderes sprechen."

Er zündete sich eine Zigarette an, goss sich ein Glas Wein ein und trank gut die Hälfte auf einen Zug. Dann erklärte er in aller Ruhe, dass er vorhatte, das Haus zu renovieren, es sei wirklich baufällig. Er hätte das gerne allein erledigt, aber ihm fehle die Zeit, er müsse sich um die Ermittlungen kümmern.

„Und dazu der ganze Papierkram, ich würde gerne auch anbauen und da bräuchte ich einen Architekten. Und deshalb dachte ich, dass Sie, Dottore Clerici, sich um die Genehmigungen und die Finanzierung kümmern könnten. Die Vardanegas sind gerade arbeitslos, sie könnten die Bauarbeiten durchführen. Dann würden sie nicht den ganzen Tag in der Bar herumhängen."

Clerici war sich nicht sicher, ob er richtig verstanden hatte. „Ich habe den Eindruck, dass es sich hier um einen beträchtlichen finanziellen Aufwand handelt."

„Ja, es wird eine größere Summe brauchen, aber die werde ich zu gegebener Zeit bis auf den letzten Cent zurückzahlen. Außerdem kann ich mir nicht vorstellen, dass es für Sie ein Problem sein wird, sie zu beschaffen. Sie können ja die Witwe Manera fragen, die hat Geld wie Heu."

Federica fuhr früh los, es regnete mal wieder. Sie hätte einen Sonnentag vorgezogen, aber zu dieser Jahreszeit war das Wetter meistens schlecht. Sie hatte sich kurzfristig entschlossen, nach Cortina zu fahren und das berühmte Chalet in Augenschein zu nehmen.

Sie hatte einen Vorwand gebraucht, um aus dem Dorf zu verschwinden und die Ereignisse bei Giavazzi vom Vorabend zu verdauen. Sie hatte die ganzen Intrigen, Erpressungen und Morde satt. Mit diesen grässlichen Leuten wollte sie nichts mehr zu tun haben. Mit dem Schlimmsten war sie auch noch ins Bett gegangen. Sie wollte das Kapitel abschließen und endgültig hinter sich lassen und konnte es kaum erwarten, sich auf das Sofa eines Therapeuten zu legen, der ihr raten würde, sich bei einem Priester die Absolution erteilen zu lassen. Danach würde sie wieder anfangen zu leben. Auch wenn sie noch nicht wusste, wo. Sie hatte Geld genug, um ihren Finger irgendwo auf die Weltkarte zu setzen und dort neu anzufangen. Als Kind hatte sie dieses Spiel geliebt. Damals war es ein Traum gewesen, heute konnte sie ihn in die Tat umsetzen. Und doch, trotz allem, was vorgefallen war, spürte sie, dass sie das Tal und das Dorf nie verlassen würde. Diese Aussicht erschreckte sie und beruhigte sie zugleich. Ihre Zukunft hing von der Pistole und diesem verdammten Notizbuch ab. Nichts war sicher. Giavazzis Worte kamen ihr in den Sinn, der behauptet hatte, das Notizbuch wäre seine Idee gewesen. Sie konnte sich noch gut daran erinnern, wie sie Bruno in diesen Augustnächten beim Schreiben beobachtet hatte. Sie konnte nicht glauben, dass das nur eine Falle gewesen sein sollte. Diese Worte, festgehalten von einer vor Schmerz zitternden Hand, waren ihr aufrichtig vorgekommen. Es hupte, der Autofahrer hinter ihr gestikulierte wild und ihr wurde bewusst, wie sehr sie abgelenkt war. Erschreckt hielt sie bei der erstbesten Raststätte und trank einen Kaffee. Sie kaufte eine Flasche Wasser und Veilchen-Lakritze und machte sich dann erfrischt wieder auf den Weg, der laut Navi noch zwei Stunden dauern sollte.

Der Regen hatte auch Cortina nicht verschont und der Hausverwalter meinte, im Laufe der Nacht würde er sich in Schnee verwandeln. Er hatte die Heizung hochgedreht und Federica erklärt, wie die Haustechnik funktionierte. Er war freundlich, aber ein wenig übergenau und überzeugt, dass sie ihn nicht richtig verstand. Tatsächlich war sie einfach nur müde und wollte endlich allein sein, um sich in Ruhe das Haus anzusehen. Überall standen Fotos von ihr und ihrem Mann.

Als der Verwalter endlich weg war, ging sie in das großzügig geschnittene Wohnzimmer, wo sie über dem Kamin ein Bild entdeckt hatte. Es war ein Gemälde nach einem Foto, das auf ihrer Reise nach Boston entstanden war. Damals waren sie noch nicht verheiratet gewesen und Bruno, der perfekt Englisch sprach, hatte eine Frau angesprochen und ihr erklärt, wie der Fotoapparat funktionierte, denn der übliche Handy-Schnappschuss kam für ihn nicht infrage. Danach musste er sich an einen Maler gewandt haben. Sie konnte die Augen nicht abwenden. Sie hielten sich im Arm und strahlten sich verliebt an. Schließlich holte sie einen Stuhl, stieg darauf, nahm das Gemälde ab, drehte es um und lehnte es gegen ein Möbelstück, das sie erst jetzt als Klavier erkannte. Sie erinnerte sich, dass Bruno gerne vor sich hin geklimpert und wiederholt den Wunsch geäußert hatte, ein Klavier für die Villa zu kaufen. Sie konnte an den Fingern einer Hand abzählen, wie oft sie ihn hatte spielen hören. Mal in der Wohnung in der Stadt, mal in einer Bar. Aber seine Musik hatte ihr nie gefallen, sie war ihr monoton vorgekommen, wie das Geklimper aus einem alten amerikanischen Schwarz-Weiß-Film. Federica hätte am liebsten laut aufgeschrien und das Chalet in Brand gesetzt. Der Gedanke, dass Bruno sie damit hatte überraschen wollen, ließ sie fast verrückt werden. Ein Liebesnest mit einem atemberaubenden Ausblick auf die schönsten Dolomitengipfel. Der Tempel für eine perfekte Ehe. Im Schlafzimmer hing ein weiteres Gemälde, die Rückenansicht einer nackten Frau. Federica erkannte sich und riss es von der Wand. Tränenüberströmt und getrieben von Schmerz und Verbitterung, begann sie die Bilder und die Fotos zu stapeln, mit der Absicht, sie im nächsten Müllcontainer zu entsorgen. Sie wurde von einem Klingeln unterbrochen. Als sie die Tür öffnete, stand sie einer unbekannten Frau gegenüber, lange Beine, hohe Wangenknochen, elegant und rätselhaft. Auf den ersten Blick eine Slawin.

„Ich bin Alenka Zlobec", stellte sie sich vor, „entschuldigen Sie die Störung, aber ich habe Ihren Mann am Tag vor der schrecklichen Tat getroffen und möchte Ihnen mein Beileid aussprechen."

Federica erwiderte den Händedruck und bat sie herein. „Wie haben Sie Bruno kennengelernt?"

„Mein Mann und ich wollen hier in Cortina eine Immobilie kaufen, also haben wir Signor Manera getroffen und ihn gebeten, uns dieses wunderbare Chalet zu verkaufen. Leider vergeblich."

„Es sollte mein Geburtstagsgeschenk sein."

„Er muss Sie sehr geliebt haben."

Federica ging nicht weiter darauf ein, nutzte aber die Gelegenheit, um zu sagen: „Ich trage mich mit dem Gedanken zu verkaufen. Inklusive Mobiliar."

Ein Lächeln legte sich über Alenkas Gesicht. Es war eine gute Idee gewesen, den Verwalter dafür zu bezahlen, sie von der Ankunft der Witwe zu informieren. „Dann machen wir Ihnen gerne baldmöglichst ein Angebot."

„Danke, aber ich werde mich nicht selbst darum kümmern, ich kenne mich mit den Immobilienpreisen in Cortina nicht aus. Das wird mein Steuerberater übernehmen."

Die Frau zog eine Visitenkarte aus der Handtasche. „Ich erwarte seinen Anruf."

Federica vernichtete jede Spur, die sie mit diesem wunderbaren Chalet in Zusammenhang bringen konnte, und fuhr nach Hause, ohne sich ein einziges Mal umzudrehen.

9

Seit dem Treffen mit Stefano Clerici, Michele Vardanega und der Witwe waren gut zwei Wochen vergangen, aber nach Giavazzis Meinung war zu wenig vorangegangen. Ein Ingenieur namens Giupponi hatte sich das Haus angesehen, es zusammen mit einem jungen Mitarbeiter minutiös vermessen und fotografiert und seine Wünsche aufgenommen. Danach hatte sich Dottore Clerici an ihn gewandt und darüber informiert, dass der Umbau etwa 70 000 Euro kosten würde. Es wäre nicht so einfach, diese Summe aufzutreiben, besonders weil Federica Pesenti nicht auf seine Anrufe und Nachrichten reagierte.

Giavazzi hatte seelenruhig darauf geantwortet, dass das Geld nicht sein Problem sei, er habe nur um einen Gefallen gebeten und unter Dorfbewohnern sei es üblich, sich zu helfen. Der Finanzberater hatte anschließend versucht, zu sondieren, wie weit der Wachmann mit den Ermittlungen war, die er anzustellen versprochen hatte, doch der hatte so getan, als verstünde er nicht, was er meinte. Giavazzi war jetzt wirklich verärgert, denn er hatte das sichere Gefühl, dass man ihn nicht ernst nahm und mit zu wenig Respekt behandelte: Er fühlte sich als Ermittler zweiter Klasse. Es war an der Zeit, seinen Partnern „die Augen zu öffnen", wie man im Dorf sagte. Deshalb war er nachts aus dem Tal hinausgefahren und hatte eine dreistellige Nummer gewählt, die ihn mit der Zentrale der Carabinieri in der Stadt verband.

Er teilte dem diensthabenden Beamten mit verstellter Stimme mit, dass er die Tatwaffe im Fall Manera unter dem Sattel einer alten Vespa in einem alten Hühnerstall gefunden hatte, der dem vorbestraften Kriminellen Fausto Righetti, genannt Riga, gehörte.

Der Wachmann legte auf und frohlockte. Die Dorfbewohner, die es ihm zu verdanken hatten, dass sie sich weiter frei und unverdächtig bewegen konnten, würden ihr Verhalten ihm gegenüber ändern. Maresciallo Piscopo würde eine erbärmliche Figur abgegeben. Von wegen ominöser Killer von außerhalb. Die Lokalzeitung, die den Maresciallo ohnehin schon auf dem Kieker hatte, würde sich auf ihn stürzen und ihn fertigmachen.

Auf der Fahrt nach Hause bemerkte er, dass die Heizung im Auto mal wieder streikte. Eine weitere Reparatur würde sich nicht lohnen. Das wäre nur hinausgeworfenes Geld. Er begann ernsthaft darüber nachzudenken, sich ein neues Auto zu kaufen. Nichts Luxuriöses, aber ein kleiner SUV würde ihn sicher in den Wald bringen, wo er Kastanien suchte. Er nahm sich vor, die Frage direkt mit Brunos Witwe zu klären, ohne Vermittlung dieses Dilettanten Clerici.

Am nächsten Morgen stand er auf seinem üblichen Posten auf der Piazza, bereit, das Spektakel zu genießen. Er musste bis fast zur Mittagszeit warten. Zwei Einsatzfahrzeuge der Carabinieri hielten vor dem Cavour. Zuerst stieg Piscopo aus, angespannt und mit finsterer Miene, gefolgt von einem ranghohen Beamten der Spezialeinheit, der für die Ermittlungen verantwortlich war, sowie weiteren Polizisten. Sie betraten die Bar und Giavazzi war sich sicher, dass das ganze Dorf innerhalb kürzester Zeit von dem Waffenfund erfahren würde. Die Beamten blieben nur auf einen Kaffee, aber länger brauchten sie auch nicht. Piscopo ließ die Nachricht durchsickern und wagte die abenteuerliche These, der Umstand, dass ein bekannter vorbestrafter Krimineller aus dem Tal in die Sache verwickelt war, könnte lediglich ein geschicktes Ablenkungsmanöver sein. Fausto Righetti war zu diesem Zeitpunkt unauffindbar, und das wohl aus gutem Grund, das machte ihn offensichtlich verdächtig. Spätestens bis zum Abend würde der Staatsanwalt einen Haftbefehl ausstellen.

Giavazzi wurde von Togni informiert, der in der Bank als Schalterbeamter arbeitete. Ein netter Mann, der sich gut an Details erinnern konnte. Als Clerici in die Mittagspause ging, bemerkte Giavazzi, wie blass er war. Er musste ebenfalls Bescheid wissen. Er winkte ihn zu sich.

„Ich habe den Carabinieri den Tipp mit der Pistole gegeben, nur dass das klar ist."

„Warum?"

„Weil ich meine Aufgabe erledigt habe, ihr eure aber noch immer nicht. Das nächste Mal ist das Notizbuch an der Reihe. Das kannst du der Witwe mitteilen."

Clerici wäre fast in Ohnmacht gefallen, er würgte und hastete davon.

Ein paar Stunden später beendete der Wachmann seinen Dienst und fuhr nach Hause. Es roch wie immer nach Einsamkeit und einem erbärmlichen Leben. Während er die Uniform auszog, betrachtete er sich im Spiegel und nickte. Lange würde es nicht mehr dauern.

Kurz nach dem Abendessen bekam er den ersten Anruf. Es war Federica Pesenti, die ihn am Nachmittag des nächsten Tages zu einem Treffen in die Villa bat. „Ich weiß, wo das ist, obwohl ich noch nie da war", log er. Tatsächlich war er enttäuscht, dass sich die Witwe nicht dazu herabgelassen hatte, erneut persönlich an seine Tür zu klopfen.

„Zufrieden?", zischte Federica wütend und ließ das Handy auf das Sofa in Stefano Clericis Wohnzimmer fallen.

Stefano hob beschwichtigend die Hände. „Ich weiß, es ist alles meine Schuld, wegen mir befinden wir uns in dieser Lage, aber es hat wenig Sinn, dass wir uns streiten. Wir müssen vielmehr nach einer Lösung suchen."

„Du willst ihn doch nicht auch noch umbringen?"

„Nein, natürlich nicht. Wir müssen ihn uns gesonnen stimmen. Giavazzi ist im Grunde ein einfaches Gemüt, er wird sich mit der Renovierung zufriedengeben, du wirst sehen."

Federica stemmte die Hände in die Hüften, am liebsten hätte sie ihn geohrfeigt. „Wie konnte ich übersehen, dass du nur zum Vögeln gut bist?", schrie sie. „Dieser Loser hat uns verarscht und will uns erpressen. Er hat die Pistole und das Notizbuch nur gesucht, um Geld von mir zu erpressen. Dein Geld ist es mit Sicherheit nicht."

Stefano nahm den Kopf zwischen die Hände und begann zu weinen.

„Bitte, hör auf damit und erspar mir diesen Anblick", herrschte Federica ihn an.

„Ich habe alles falsch gemacht", sagte er mit erstickter Stimme.

„Daran besteht kein Zweifel. Du hast sogar die Vardanegas zu einem Mord angestiftet. Einfach so, als ob es darum ginge, dir ein Glas Wasser zu bringen. Für wen zum Teufel hältst du dich? Für Totò Riina?"

Clerici bemühte sich nicht einmal, Haltung zu bewahren, er schluchzte. „Hilf mir, ich bitte dich, ich weiß nicht mehr, was ich machen soll, ich kann nicht mehr klar denken und kriege keine Luft mehr."

„Du Armer", erwiderte sie knapp, „und was sagt Aurora dazu? Kannst du es ihr bei all dem Stress noch besorgen? Offenbar schon. Als sie mir das Kleid für die Beerdigung geliefert hat, glaubte sie, mir mitteilen zu müssen, dass ihr jetzt ein Paar seid. Und dass du sie im Bett ‚schier verrückt machst', wie kein anderer Mann vor dir."

„Federica, ich bitte dich. Aurora wusste von unserer Beziehung, ich bin mit ihr zusammen, um zu vermeiden, dass sie das öffentlich macht", verteidigte sich Stefano. „Auch der Maresciallo hat mir geraten, keinen Anlass für Gerüchte zu geben, dass wir eine Affäre gehabt haben könnten. Aurora ist die Einzige, die uns auffliegen lassen kann, ich bin gezwungen, gute Miene zu machen."

Federica konnte sich nicht mehr zurückhalten und gab ihm eine schallende Ohrfeige. „Du bist wirklich ein Arschloch, Aurora hätte es nie jemandem erzählt. Das gehört zum Spiel: Du kleidest die gut situierten Familien des Dorfes ein und erfährst dabei die eine oder andere Vertraulichkeit. Wenn du nicht dichthältst, lassen sie dich fallen. Jetzt verstehe ich, warum dieses Flittchen sich erlaubt hat, von deinem Schwanz zu schwärmen. Sie bildet sich ein, mit mir auf einer Stufe zu stehen, weil sie mit dem gleichen Mann schläft. Und du bist genauso: Du hast dir eingebildet, der Cleverste von allen zu sein, und hast in einem Anfall von Größenwahn dafür gesorgt, dass Bruno sterben musste, ein wirklich guter Mensch. Und jetzt heulst du wie ein kleines Kind."

„Bitte demütige mich nicht."

„Hier im Tal haben immer die Familien, deren Namen in Großbuchstaben über dem Eingang der Fabriken stehen, bestimmt, wo es langgeht. Das steht nun mal fest. Ihr könnt nichts anderes, als davon zu profitieren, Forderungen zu stellen und euch zu beschweren."

„Ich schwöre, dass ich Aurora verlassen werde, wenn alles geregelt ist, das habe ich mir versprochen."

„So funktioniert das nicht. Jetzt wirst du sie heiraten, mit dem Segen Piscopos", erwiderte Federica unbarmherzig. „Wie Giavazzi sagt: Jeder muss das Seine tun."

Federica hatte keine Wahl. Nach diesem anstrengenden Tag musste sie an die Tür des Arbeitszimmers ihres Vaters klopfen. Jacopo Pesenti telefonierte und gab ihr mit einer Kopfbewegung zu verstehen, dass sie sich auf den Sessel vor den Schreibtisch setzen sollte. Sie sah sich um. An den Wänden hingen Landschaftsgemälde mit Motiven aus dem Tal. Ihr Vater war ein leidenschaftlicher Kunstsammler, der durch ganz Italien und manchmal sogar ins Ausland fuhr, um bei Antiquitäten- und Kunsthändlern danach zu suchen. Wie immer, wenn Federica eine Weile im Arbeitszimmer warten musste, schaute sie erst nach einer Weile auf die Fotos ihres Bruders Carlo Alberto, der mit 23 Jahren bei einem Autounfall gestorben war. Eine Tragödie, die die Familie für immer gezeichnet hatte. Auch was die Fabrik anging, denn Jacopos Nachfolger sollte der erstgeborene Sohn werden. Federica kam dafür nie infrage, nicht mal nach dem Tod des Bruders. Sie hatte immer darunter gelitten, auch wenn sie wusste, dass sie dieser Position nicht gewachsen wäre.

Das Telefonat zog sich und aus den Antworten des Vaters entnahm sie, dass es ein geschäftlicher Anruf war. Es war kurz vor zehn, aber die Firma ging ihrem Vater über alles. Nach dem Desaster mit der Verlagerung der Produktion nach Indonesien ging es in kleinen Schritten wieder aufwärts. Es war ihm gelungen, eine Produktionslinie wiederzubeleben, die den Fortbestand der Fabrik gewährleistete und ihm einen respektablen Platz in der Unternehmervereinigung der Region sicherte. Ihr Vater war immer noch ein angesehener und einflussreicher Mann, der viele nützliche Verbindungen hatte und dem viele einen Gefallen schuldig waren. Auch deshalb hatte sich Federica entschlossen, ihm die Wahrheit zu sagen. Sie zählte auf die väterlichen Gefühle, sie war das einzig verbliebene Kind, ihr Vater würde niemals zulassen, dass ihr Leben zerstört würde. Sie wusste auch, dass er ihrer Mutter nichts erzählen und ihr Geheimnis in diesem Raum bleiben würde.

„Ich kenne diesen Blick", sagte Jacopo müde, nachdem er aufgelegt hatte, „was ist passiert?"

Federica begann zu erzählen, von ihrem Wiedersehen mit Stefano bis zum Telefonat mit Manlio Giavazzi an diesem

Morgen. Sie ließ nichts aus, denn sie war überzeugt, dass sie nur moralische Schuld trug. Doch ihr Vater war anderer Meinung.

„In dem Moment, in dem du erkannt hast, dass Clerici hinter diesem Komplott steckt, hast du dich zur Komplizin dieser Verbrecher gemacht."

„Ich habe geschwiegen, weil ich Angst hatte, dass der gute Name der Pesentis in den Dreck gezogen würde."

„Red keinen Unsinn", entgegnete Jacopo erzürnt. „Wenn du mir rechtzeitig Bescheid gesagt hättest, hätte ich die Sache diskret lösen und den Schaden gering halten können. Ist dir klar, dass du an Brunos Tod Mitschuld trägst? Wie konntest du glauben, dass ein Nichts wie Manlio Giavazzi in der Lage wäre, die Sache ‚unter uns' zu lösen?"

Federica senkte den Blick, schluchzte auf und flüchtete sich in Tränen. Das war ein alter Trick, den sie als Kind oft benutzt hatte, um sich väterliche Vorwürfe zu ersparen. Aber dieses Mal zog der Trick nicht. Er fuhr unbeirrt fort: „Bruno war ein guter Mensch und hat dieses Ende nicht verdient, genauso wenig, wie von seiner Frau betrogen zu werden. Noch dazu mit diesem Versager Stefano Clerici, der sein Leben lang ein Emporkömmling bleiben wird."

„Als ich ins Dorf zurückgekommen bin, ist mir klar geworden, dass die Hochzeit mit Bruno ein nicht wiedergutzumachender Fehler war, und anschließend habe ich mich Stefano in die Arme geworfen."

„Erspar mir deine billigen Rechtfertigungen", unterbrach sie ihr Vater. Sein Blick wanderte zu den Fotos von Carlo Alberto, um ihr deutlich zu machen, was er in diesem

Moment der Wut und der Enttäuschung dachte: Der Tod hatte den Falschen getroffen.

Federica fühlte sich verletzt und gedemütigt wie noch nie zuvor im Leben, aber ihr Vater hatte jeden Grund, sie mit dieser Härte zu behandeln.

Er griff nach einem Blatt Papier und einem Stift und begann Namen und Stichworte zu notieren. Es war seine Art, seine Gedanken und Überlegungen zu sammeln und Strategien zu entwickeln, wenn es um wirklich dringende und wichtige Entscheidungen ging.

Nach einer guten halben Stunde zerriss er seine Notizen sorgfältig und präsentierte Federica seinen Plan. Oder besser, er gab ihr eine Reihe von präzisen Anweisungen. „Du hast dich unmöglich benommen", sagte er am Schluss, „du bringst diese Geschichte wieder in Ordnung, damit Bruno dir verzeihen kann, auch wenn er nicht mehr am Leben ist. Ich kann nicht zulassen, dass ich einen Sohn verloren habe und mich auch noch für meine Tochter schämen muss."

„In Ordnung, Papa, danke."

„Und dann heiratest du jemand aus dem Tal, einen fähigen Mann, der die Firma übernehmen kann. Ich werde dir den Richtigen aussuchen. Und deiner Mutter schenkst du einen Enkel."

„Ich möchte keine Kinder haben."

„Oh doch, und beeil dich, du bist schon 35."

Am nächsten Morgen, um Punkt acht, rief Federica Michele Vardanega zu Hause an. Seine Frau Sabrina ging ans Telefon. Federica erklärte ihr, dass sie ihren Mann und seinen Cousin Roberto so schnell wie möglich in der Villa treffen wolle.

Binnen einer Stunde standen die beiden vor der Tür. Die Hausangestellte bat sie in ein Zimmer im Erdgeschoss, das wie ein Büro wirkte, in Wirklichkeit aber dafür gedacht war, die Belegschaft zu empfangen oder Lieferanten zu bezahlen.

Michele war vorsichtig und eingeschüchtert, Roberto dagegen legte eine gewisse Unverschämtheit an den Tag. Sie warteten gut zehn Minuten auf den harten Holzstühlen, bis die Witwe Manera den Raum betrat, Michele stand auf, Roberto brummelte eine unverständliche Begrüßung.

„Ich habe beschlossen, die Geschäfte meines Mannes im Tal weiterzuführen, das heißt den An- und Verkauf von Immobilien sowie die notwendigen Renovierungsarbeiten", verkündete sie, „ich brauche gute Leute, die sich um die Baustellen kümmern. Ist das was für euch?"

Die Vardanegas schauten sich überrascht an. „Mit Renovierungsarbeiten haben wir nicht viel Erfahrung", erwiderte Michele. „Wir haben zwar in unserer Jugend mal als Maurer gearbeitet, aber eigentlich sind wir Fabrikarbeiter."

„Ihr stellt ein paar erfahrene Handwerker ein, dann habt ihr Profis an eurer Seite. Wenn ihr euch anstrengt, kriegt ihr das hin."

Roberto stand auf, drehte sich zu seinem Cousin um und sagte grinsend: „Hörst du, was die sagt? Sie redet und redet, aber kannst du mir verraten, wie zum Henker wir das Werkzeug und die Geräte kaufen sollen?" Er drehte Federica den Rücken zu.

„Ich lasse nicht zu, dass du mir gegenüber respektlos bist, das machst du nie wieder", warnte sie ihn.

Roberto drehte sich um und stützte die Hände in die Hüfte. „Und was, wenn nicht?"

„Zwing mich nicht dazu, es dir zu zeigen", zischte sie. Federicas Gesicht war rot vor Wut, „ich habe nicht vergessen, dass du auf meinen Mann geschossen hast und ihr kaltblütig einen Mann ermordet habt."

Michele zog Roberto am Ärmel und zwang ihn, sich wieder zu setzen.

„Du bist nichts als ein erbärmlicher Schwachkopf. Natürlich finanziere ich die Firma und alles, was gebraucht wird", sagte Federica verärgert.

„Und wie zahlen wir das zurück?", fragte Roberto, der sich zu rehabilitieren versuchte, „es muss genug übrig bleiben, um eine Familie zu ernähren."

„Eins nach dem anderen, erst setzen wir mit dem Steuerberater einen Vertrag auf."

„Wir sind Ihnen unendlich dankbar und nehmen das Angebot an", entschied Michele, ohne sich mit seinem Cousin abzustimmen. Dann nickte er Roberto zu und deutete in Richtung Tür. Er hatte noch eine dringende Frage, die nicht für die Ohren seines Cousins bestimmt war.

Roberto verließ den Raum.

„Warum helfen Sie uns, nachdem wir so viel Schreckliches angerichtet haben?", fragte Michele leise.

„Ich helfe nur dir. Dein Cousin hat das nicht verdient", stellte Federica klar. Sie konzentrierte sich auf das, was ihr Vater gesagt hatte. Sie musste überzeugend sein und glaubhaft lügen. „Auch wenn deine Hände mit Blut befleckt sind, habe ich nicht vergessen, dass du im Kern ein rechtschaffener Arbeiter warst. Lohn und Brot und nicht das Gefängnis, Fleiß statt Nichtstun, die Familie und die Dorfgemeinschaft können die Gegenmittel sein, die dich wieder zu einem guten Menschen werden lassen, der es verdient hat, hier zu leben."

Michele Vardanega fiel auf die Knie, griff nach ihrer Hand und küsste sie. „Danke, Signora, ich schwöre Ihnen, dass ich Sie nicht enttäuschen werde", stammelte er unter Tränen.

Die Witwe zog die Hand abrupt zurück und fügte hinzu: „Vergiss nicht, dass wir Pesentis es sind, die den Bewohnern des Tals helfen, das war schon immer so. Verlass dich nicht auf Clerici oder Giavazzi. Wenn du mein Angebot annimmst, darfst du nur auf mich hören, sonst geht die Firma bankrott." Michele nickte mehrmals, um klarzumachen, dass er das Konzept verstanden hatte, und verließ den Raum.

Federica ging zu ihrem Vater ins Arbeitszimmer. „Jetzt ist Clerici dran", sagte er, „aber pass auf, er hat dich schon einmal aufs Kreuz gelegt, als du an seiner Geheimwaffe schnuppern durftest."

Federica errötete. „Du kannst richtig widerwärtig sein."

Er hob abwehrend die Hände. „In Verbindung mit zwei Morden und der Gefahr, im Gefängnis zu landen, regst du dich über mein mangelndes Taktgefühl auf? Sieh der Realität ins Auge, mein Kind."

Federica parkte auf der Piazza Asperti. Bevor sie in die Bank ging, trank sie im Cavour einen Kaffee. Nicht weil ihr danach war, sondern weil sie sich in der Öffentlichkeit zeigen musste. Je länger sie sich zu Hause einschloss, umso länger wäre sie für die Leute lediglich die Witwe des Mordopfers. Es war besser, den Gerüchten offensiv zu begegnen, dann würden sie rasch verstummen. Als sie die Bar betrat, wurde sie gewohnt herzlich empfangen. Aber die Blicke und Fragen sprachen Bände, zwischen einem „Wie geht es dir?" und „Schön, dich zu sehen" ging es vor allem um den Stand der Ermittlungen. Endlich konnte Federica die Gelegenheit nutzen, sich offen über den Waffenfund bei Fausto Righetti zu äußern.

„Piscopo meint, das sei ein Ablenkungsmanöver, die Mafiosi, die deinen Mann auf dem Gewissen haben, hätten sie dort versteckt", warf Eleonora Piantoni ein. Sie war mit einem Industriellen verheiratet, der mit der richtigen Mischung aus Baumwolle, Viskose und Leinen reich geworden war und seine Finger nicht von anderen Frauen lassen konnte.

Federica war fast dankbar für diese Frage, die ihr Gelegenheit gab, eine ausführliche Erklärung abzugeben, um weitere Gerüchte zu verhindern. Aber sie musste sehr vorsichtig in ihrer Wortwahl sein, immerhin hatte sie selbst nach den Schüssen auf ihren Mann ihren Freundinnen gegenüber den Verdacht geäußert, die Sache müsse einen kriminellen Hintergrund haben.

„Wenn der Maresciallo das sagt, habe ich keinen Grund daran zu zweifeln", antwortete sie mit erhobener Stimme, damit sie auch alle hören konnten, „aber solange man diesen vorbestraften Verbrecher nicht findet und befragt, tappen wir im Dunkeln. Nur er kennt die Wahrheit."

Sie gab Zucker in den Kaffee, um Zeit zu gewinnen und die Reaktionen der anderen beobachten zu können. Aber die Piantoni und ihre Freundinnen hatten schon das Thema gewechselt, ihre Strategie war aufgegangen.

Sie überquerte die Piazza und begrüßte den Wachmann, diesmal sogar mit Handschlag. „Ich erwarte Sie, Signor Giavazzi", sagte sie, bevor sie in der Bank verschwand.

Als sie Clericis neue Sekretärin bat, sie anzumelden, war er noch mit einem anderen Kunden beschäftigt. Federica fragte nach dem Namen und da es niemand Wichtiges war, blieb sie hartnäckig. „Sagen Sie Stefano, dass ich da bin."

„Aber er ist in einer Beratung und Sie haben keinen Termin."

Federica Pesenti warf ihr einen flammenden Blick zu und ging langsam auf das Büro des Direktors zu, drehte sich um und fragte: „Wie war noch mal Ihr Name, Signorina?"

Die junge Frau antwortete nicht und griff nach dem Telefon, um Clerici anzurufen, der aus dem Büro eilte und seine Ex-Geliebte um etwas Geduld bat.

„Die habe ich nicht mehr", antwortete sie brüsk.

Stefano verabschiedete seinen Kunden, entschuldigte sich wortreich und bat Federica ins Büro. Er war sich sicher, dass sie gekommen war, um ihre Geschäftsbeziehung offiziell zu beenden, und er hatte sich mit dem Unabänderlichen abgefunden. Aber Federica überraschte ihn mit den Worten: „Ich werde Brunos geschäftliche Aktivitäten im Tal weiterführen."

„Ich freue mich, dass du mir weiterhin vertraust."

„Du musst nur beten, dass die Bücher in Ordnung sind, ab jetzt wirst du es nicht mit mir, sondern mit Dottore Gianola zu tun haben, der seit vielen Jahren Brunos Steuerberater ist."

Clerici hob beschwichtigend die Hände, um zu signalisieren, dass er einverstanden war. In Wahrheit war er das ganz und gar nicht. Er hatte ein paar Mal leichtfertig spekuliert und etwas mehr Geld in die eigene Tasche gesteckt, als erlaubt. Aber um ihm auf die Schliche zu kommen, musste dieser Gianola schon sehr gut sein.

Doch das war nicht die einzige Überraschung. „Die Vardanegas werden bald bei dir auftauchen. Ich habe mich entschlossen, ihre neue Baufirma zu finanzieren, du musst dich um die Kreditlinien kümmern."

„Michele und Roberto? Aber warum müssen die ausgerechnet zu mir kommen?"

„Weil es sich beim ersten Auftrag um die Renovierung des Hauses von Giavazzi handelt", antwortete Federica, „das wird eure Telefonkontakte erklären."

Daran hatte Clerici nicht gedacht und sie auch nicht, um ehrlich zu sein. Das war ihrem Vater eingefallen. Alles, was bis dato passiert war, hatte er geplant. Auch ihr kurzer Besuch in der Boutique Le Chic, unter dem Vorwand, das Givenchy-Kleid zu bezahlen, das sie bei der Trauerfeier getragen hatte.

Während sie den Scheck ausstellte und verärgert registrierte, dass Aurora ihr keinen Cent Nachlass gegeben hatte, deutete sie an, gerade Clerici in der Bank getroffen zu haben. „Der ist ja so was von verliebt, so emotional engagiert habe ich ihn noch nie gesehen. Zum Glück haben wir beide schnell eingesehen, dass es wenig Sinn hat, eine Beziehung wiederaufzunehmen, die uns damals so einzigartig vorgekommen ist, aber nicht mehr als ein Strohfeuer war."

„Meinst du, dass er mich wirklich liebt? Manchmal habe ich das Gefühl, als würde er mir ausweichen."

„Mir gegenüber hat er von Heirat gesprochen. Und du weißt ja, was es bedeutet, wenn den Männern das magische

Wort über die Lippen kommt. Ach, übrigens, wenn es dir nicht zu unpassend erscheint, wäre ich gerne deine Trauzeugin."

Aurora blieb buchstäblich die Luft weg. Eine Hochzeit mit Federica Pesenti an ihrer Seite, selbst wenn ihr Ruf etwas gelitten hatte, wäre der Ritterschlag. Ihr Platz in der besseren Gesellschaft wäre gesichert. Mit Stefano an ihrer Seite würde sie die ehrgeizigen Pläne verwirklichen können, die bis jetzt außerhalb ihrer Möglichkeiten gelegen hatten.

„Ich danke dir", sagte sie sichtlich bewegt, „aber so gut befreundet sind wir doch gar nicht … warum diese Großzügigkeit?"

Federica hätte ihr am liebsten reinen Wein eingeschenkt, dass sie sich aus freien Stücken niemals zu einem solchen Schritt herabgelassen hätte. Aber ihr Vater hatte ihr klargemacht, dass er notwendig war, um ihren Ex-Geliebten unter Kontrolle zu behalten. „Aurora ist ein verlässlicher Wachhund für uns, sie wird sich Clerici sofort schnappen, falls er so dumm sein sollte, sich nicht an die Absprachen zu halten", hatte er ihr erklärt und sie schließlich überzeugt.

Um ehrlich zu sein, fand Federica die Vorstellung ganz amüsant, dass die Heirat mit der Boutiquenbesitzerin Bellizzi eher eine Strafe für Stefano war, aber an diesem Morgen gelang es ihr noch einmal, formvollendet zu lügen. „Ich bin mir sicher, dass du den Mann glücklich machen wirst, den ich zwei Mal in meinem Leben geliebt habe", sagte sie lebhaft, „und du warst nach Brunos Tod an meiner Seite, deine Professionalität, deine Diskretion und deine Zuwendung weiß ich sehr zu schätzen."

Aurora umarmte sie gerührt und küsste sie auf die Wange. Federica erstarrte, es gelang ihr trotzdem, die Umarmung zu erwidern und sich mit einem Lächeln zu verabschieden.

Aurora Bellizzi weinte ein paar Glückstränen und nachdem sie die beiden Verkäuferinnen informiert hatte, die dem Gespräch ohnehin aufmerksam zugehört hatten und Bescheid wussten, rief sie erst ihre Mutter und dann zwei Freundinnen an, um ihnen die sensationelle Nachricht mitzuteilen. Dann telefonierte sie mit ihrem zukünftigen Ehemann.

„Stell dir vor, Liebster", flötete sie triumphierend, „Federica Pesenti hat sich angeboten, meine Trauzeugin zu sein!"

Stefano wollte etwas entgegnen, aber es fiel ihm nichts Sinnvolles ein. Es wäre ihm ohnehin schwergefallen, ihren Wortschwall zu stoppen.

„Natürlich hättest du dich auch dazu entschließen können, es erst mir und dann deiner Ex zu sagen", fügte sie mit gespieltem Vorwurf hinzu, „aber du kannst deine Taktlosigkeit wiedergutmachen, indem du heute Abend auf Knien um meine Hand bittest und mir einen Ring an den Finger steckst, der der Situation angemessen ist. Das halbe Dorf soll morgen vor Neid platzen."

Als sie aufgelegt hatte, brachte Clerici mit Mühe zwei Worte heraus: „Schlampe" und „Scheiße!" Das erste galt Federica, das zweite ihm selbst. Die Situation war nicht mehr zu retten. Er konnte sich bei Aurora nicht damit herausreden, dass Federica etwas falsch verstanden oder sich das Ganze nur ausgedacht hatte. Die Nachricht machte im Dorf schon die Runde, zu viele wussten Bescheid und er würde letztendlich als Drückeberger dastehen. Der Preis war zu hoch. Er öffnete die unterste Schublade des Aktenschranks und nahm eine Flasche Honig-Grappa heraus, ein Geschenk seiner Mutter, die beste Stärkung an einem harten Arbeitstag. Gierig trank er ein paar Schlucke. Am liebsten hätte er die Flasche ganz geleert, aber eine Nachricht seiner zukünftigen Ehefrau hielt ihn zurück. Sie erwartete ihn im Cavour zu einem kleinen Umtrunk.

Beim Überqueren der Piazza wurde Clerici von Federica beobachtet, die in ihrem Auto saß. Giavazzi war dieses Detail nicht entgangen und er beglückwünschte sich dazu, dass sich die Beziehung zwischen den beiden grundlegend verändert hatte. Aus flammender Leidenschaft war Abneigung, wenn nicht gar Hass geworden, jedenfalls von ihrer Seite. Er hatte ihr die Augen geöffnet, durch ihn wusste sie, wie heimtückisch und dumm ihr Geliebter war. Die Zeit war gekommen, sie um einen Gefallen zu bitten. Sie würde nicht darüber sprechen, das war in der besseren Gesellschaft ausgeschlossen, aber sie würde handeln.

Um sich aufzuwärmen, ging Giavazzi in die Bar und aß einen Vorspeisenteller mit Aufschnitt und eingelegtem Gemüse. Meist gönnte er sich eine ordentliche Portion, aber heute hatte er wenig Appetit. Die Vorstellung, an den Ort zurückzukehren, an dem er Bruno Manera erschossen hatte, beunruhigte ihn. Er hätte das lieber vermieden, aber wo sonst hätte er sich mit der Witwe treffen können, ohne Verdacht zu erregen.

Als er an der Villa ankam, musste er auf der Straße parken. Im Hof standen zwei große Lastwagen, in die frierende Packer Möbel und Hausrat einluden.

Federica stand mit verschränkten Armen vor der Tür und beobachtete die Arbeiten, den Mund zu einem bitteren Lächeln verzogen.

„Haben Sie sich entschlossen, die Villa zu verkaufen?", fragte der Wachmann, um das Eis zu brechen.

„Wer würde sie schon kaufen? Häuser, auf denen ein Fluch liegt, kann man nur abreißen, Giavazzi, und neu bauen."

„Nach Adamos Tod war das bei mir genauso, aber ich musste weiter in dem Haus leben."

„Folgen Sie mir", sagte Federica und deutete in die Küche, „tut mir leid, dass ich Sie hier empfange, aber hier stört uns zumindest niemand."

„Das ist kein Problem, Signora."

Federica nahm auf einem Stuhl Platz, Giavazzi setzte sich ihr gegenüber. Zwischen ihnen stand der Tisch. Er sah sich um, sein Blick blieb an einem Regal mit Weinflaschen hängen, die er sich niemals hätte leisten können. Sie öffnete eine Verpackung mit der Aufschrift „Pasticceria Cavour": ein Glas Marrons glacés, eingelegt in altem Armagnac.

„Die müssen Sie probieren", forderte sie ihn auf und sah ihn dabei herausfordernd an.

„Ich esse sie nicht, ich stelle sie nur her."

Ihr Ton wurde aggressiver: „In Erinnerung an Ihren Sohn, bla, bla, bla."

„Sie sollten respektvoller sein."

„Sie sollten mir sagen, was Sie für das Notizbuch haben wollen."

Giavazzi lächelte. In Federicas Augen wirkte er wie einer dieser glückstrahlenden Bauern auf den Bildern von Dorffesten.

„Es ist nicht zu verkaufen, das ist meine Lebensversicherung. Clerici und die Vardanegas sind gefährlich und unberechenbar und ich habe nicht vor, das Risiko einzugehen, ebenfalls erschossen zu werden."

„Aber Sie nutzen das Notizbuch, um Geld und Vorteile zu erzwingen. Bei mir zu Hause nennt man das Erpressung."

Der Wachmann gab sich beleidigt. „Das ist ein Missverständnis, das ich sofort klarstellen muss. Ich habe vor, alles geliehene Geld zurückzuzahlen. Ich habe nur um Hilfe gebeten, wie das unter uns im Dorf üblich ist."

„Dann entschuldigen Sie, dass ich Ihre Absichten falsch interpretiert habe", antwortete die Witwe mit ironischem Unterton. „Um weitere Missverständnisse zu vermeiden, wären Sie so freundlich, alles aufzulisten, was Sie von uns Dorfbewohnern erwarten?"

Der Wachmann war sich sicher, dass sein Moment endlich gekommen war. „Mein Auto ist alt, die Heizung funktioniert nicht mehr richtig."

„Gerade gestern hat mich Maresciallo Piscopo informiert, dass Brunos SUV freigegeben wurde", erwiderte Federica, „ich nehme an, es würde Ihnen gefallen, einen Wagen zu fahren, der Ihrem Freund gehört hat."

„Natürlich, das wäre eine Ehre für mich."

„Sehr gut. Ich rufe heute noch bei meinem Anwalt an, damit er die Schenkungsurkunde vorbereitet."

„Und dann ist da noch das Haus", fuhr Giavazzi fort, „ich möchte es renovieren und neue Möbel anschaffen."

„Ein durchaus gerechtfertigtes Anliegen. Clerici hat mir die Situation beschrieben und mitgeteilt, dass sich Ingenieur Giupponi bereits um die Maßnahmen kümmert. Aber wenn Sie mein Geld wollen, müssen Sie auch meine Bedingungen akzeptieren, und die sind nicht verhandelbar: Ich kaufe das Haus zum Marktpreis, finanziere den Umbau, schaffe die Möbel an und Sie können zwanzig Jahr lang dort unentgeltlich wohnen. Das nennt man Nutzungsrecht."

„Ich weiß, wie man das nennt", erwiderte der Wachmann pikiert, dem klar wurde, dass er im Begriff war, die Kontrolle über die Situation zu verlieren.

„Danach werden Sie Miete zahlen."

„Das wirkt auf mich wie Betrug. Dann stehe ich mit siebzig auf der Straße."

„Das ist alles, was ich Ihnen anbieten kann", stellte Federica klar. „Von mir bekommen Sie nichts, was nicht legal und transparent zu rechtfertigen ist. Um es klar und deutlich zu sagen: Das ist ein Geschäft, Sie bekommen Geld, als Gegenleistung bewahren Sie das Notizbuch auf. Und seien Sie sicher, dass Sie die Konsequenzen dafür tragen werden, wenn es in falsche Hände gerät."

„Wollen Sie mir drohen?"

Die Witwe stützte die Ellbogen auf den Tisch und beugte sich zu Giavazzi hinüber. „Sie haben die Pistole gefunden und sind im Besitz des Notizbuchs?"

„Ja und?"

„Woher haben Sie es?"

„Ich habe es bei meinen Ermittlungen gefunden. Ich bin gut."

„Unsere Anwälte würden das bestimmt anders sehen. Und die sind richtig gut, das dürfte auch Ihnen klar sein. Sie könnten des Mordes an Bruno beschuldigt werden."

Der Wachmann zuckte mit den Schultern. „Mit irreparablen Schäden für Sie."

„Das stimmt. Aber glauben Sie wirklich, dass Ihnen irgendjemand im Tal dann auch nur ein Brot verkaufen oder mit Ihnen sprechen würde?"

„Es gibt auch eine Welt außerhalb des Tals."

„Machen Sie sich nicht lächerlich, Giavazzi. Sie haben nur hier eine Chance. Sie sind weder in dem Alter, noch haben Sie die Energie, sich anderswo eine Existenz aufzubauen."

Giavazzi schwieg. Das hatte er sich anders vorgestellt. Die aus den besseren Kreisen saßen immer am längeren Hebel, mit Clerici und den Vardanegas war es einfacher gewesen.

„Sonst noch etwas?", fragte Federica.

Der Wachmann stand auf. „Das Haus ist mindestens 300 000 Euro wert, es ist eines der ältesten im Dorf, ganz aus Stein gebaut."

Federica schüttelte den Kopf. „Giupponi hat es auf 230 000 geschätzt. Sie bekommen keinen Cent mehr."

Giavazzi war außer sich vor Wut. Er deutete mit dem Zeigefinger auf die Witwe. „Ich wollte diese üble Geschichte unter uns lösen und statt mir dankbar zu sein, behandeln Sie mich wie einen Betrüger!"

„Hätten Sie mir das Notizbuch gegeben, wäre Ihnen das Wohlwollen der Pesentis sicher gewesen. Jetzt müssen Sie sich mit dem zufriedengeben, was Erpresser verdient haben."

Giavazzi schluckte einen Fluch hinunter und ging ohne ein weiteres Wort.

Federica fuhr sich mit der Hand übers Gesicht und öffnete den Kühlschrank. Zwei Fingerbreit eiskalter Wodka würden sie beruhigen. Aber leider hatte die Hausangestellte ihn bereits ausgeschaltet und ausgeräumt. Sie überlegte, ob sie zur Feier des Tages eine Flasche Wein öffnen sollte, zögerte aber, schließlich war nur wenige Meter von hier Bruno getötet worden. Wieder hatte Jacopo Pesenti ihr jedes Wort diktiert. Und auch in dieser Situation war seine Strategie aufgegangen. Federica war sich ziemlich sicher, dass Giavazzi es nicht wagen würde, noch mehr zu verlangen.

„Benimm dich wie eine Pesenti", hatte ihr Vater ihr geraten, „erkläre ihm, dass er nicht gewinnen kann. Erpressern muss man den Handlungsspielraum nehmen, sonst ruinieren sie einen."

„Sprichst du aus Erfahrung?"

Jacopo ignorierte die Frage. „Wenn er spürt, dass er bei dir gegen die Wand läuft", hatte er hinzugefügt, „wird er versuchen, sich an den anderen schadlos zu halten. Aber die Vardanegas sind dir verpflichtet und Clerici sitzt in der Falle. Er wird sich damit abfinden müssen, dass das Notizbuch nicht mehr viel wert ist."

„Und wenn Giavazzi es jemand anderem zuspielt?"

„Die andern werden schweigen. Und je mehr Zeit vergeht, desto mehr verliert das, was Bruno geschrieben hat, an Beweiskraft. Immer vorausgesetzt, dass es nicht gefälscht ist …"

„Giavazzi könnte Stefano und die Vardanegas wegen des Mordes an Righetti erpressen."

„So wie du es mir geschildert hast, wärst du die einzig mögliche Zeugin. Aber du könntest einfach behaupten, dass dieses Treffen nie stattgefunden hat."

„Hoffentlich hast du recht."

„Es geht um Schadensbegrenzung, die weitere Entwicklung ist schlecht vorauszusehen. Aber auch wenn wir das Schlimmste annehmen, können wir immer noch auf die Unterstützung von Piscopo zählen."

Und das war durchaus ernst gemeint. Der Maresciallo war bei ihm gewesen, weil er seine Hilfe brauchte. Die Polizei und die Industriellen im Tal hatten sich schon immer gegenseitig unterstützt. Da in dieser Angelegenheit die Familie Pesenti selbst das Opfer war, war Jacopo nicht selbst tätig geworden, sondern hatte einen Vertreter gebeten, sich um die Sache zu kümmern. Offensichtlich hatte sich Piscopo zum ersten Mal in seiner Karriere in eine heikle Situation hineinmanövriert.

Die Lokalzeitungen waren weiter auf seiner Seite und unterstützten die Theorie, dass der Waffenfund im Tal nur ein Ablenkungsmanöver professioneller Killer war. Aber die überregionale Presse hatte bereits nach der Beerdigung damit begonnen, diese Hypothese anzuzweifeln. Anfangs nur andeutungsweise, aber nach einer Weile stellten sie auch andere Entscheidungen des Maresciallo infrage. Es lag auf der Hand, dass hinter der mehr oder weniger gerechtfertigten Kritik Kollegen aus der Provinzdirektion und der Staatsanwaltschaft steckten, die ihn jetzt fallen ließen. Piscopo wusste genau, wie es gehen konnte, ehe man sichs versah, war man versetzt, weit weg von zu Hause. Doch sein geliebtes Tal zu verlassen, in dem er seit so vielen Jahren lebte, wo er eine Einheimische geheiratet hatte und dessen Bewohner er als seine Kinder betrachtete, diese Vorstellung war für ihn undenkbar. Um die drohende Gefahr abzuwenden, musste er seine Autorität in der Öffentlichkeit zurückgewinnen. Jacopo, der ihm das unumschränkte Vertrauen der Familie Pesenti ausgesprochen hatte, hatte ihm die Unterstützung der Presseabteilung des

Industriellenverbands zugesichert. Mithilfe von zusätzlichen Anzeigen der Unternehmen hatte sie eine überregionale Zeitung und einen einflussreichen Journalisten gewinnen können, vertiefende Recherchen anzustellen. Ein Geschäft auf Gegenseitigkeit, das einerseits Piscopos Position stützen, aber auch die Wertschätzung der Polizei durch die Industriellen und ihrer politischen Repräsentanten unterstreichen sollte.

Federica wurde von einem der Möbelpacker aus ihren Gedanken gerissen. Sie griff nach dem Glas mit den Marrons glacés und hielt es dem Mann hin. „Giavazzi hat sie mir mitgebracht, aber ich habe Angst um meine Figur", log sie.

„Ja, ich habe ihn kommen sehen."

„Ich habe ihm angeboten, sein Haus zu kaufen und es renovieren zu lassen", erklärte sie und begann ihre Beziehung zu dem Wachmann in die gewünschte Richtung zu lenken.

Der letzte Zug von Jacopo Pesentis Strategie war eine Reise Federicas nach Rom. Am frühen Morgen fuhr sie zum Flughafen und einige Stunden später saß sie in einem Taxi, das sie zum Büro eines bekannten Strafrechtlers brachte, der häufig Gast im Fernsehen und es gewohnt war, inmitten einer Traube von Journalisten durch die Gänge des Justizpalastes zu schreiten. Die Fahrt ging nur schleppend voran, sie hatte Gelegenheit, die prächtigen Bauwerke und die Passanten zu betrachten. Bruno hatte ihr wiederholt vorgeschlagen, ein Wochenende in der Hauptstadt zu verbringen, Museen und Restaurants zu besuchen, shoppen zu gehen, aber seit ihrer Rückkehr ins Dorf hatte sie keine Lust mehr gehabt zu reisen. Bruno hatte eine Vorliebe für Sex im Hotel, warum, wusste sie auch nicht, aber sie hatte nun mal eine Vorliebe für Stefano Clerici.

Der Anwalt empfing sie in seinem luxuriösen Büro, vor dem Panoramafenster stand ein riesiges Teleskop. Die Aussicht war sicher fantastisch, aber deswegen war sie nicht hier.

Der Anwalt war um die sechzig, das Gesicht voller Falten, er wirkte wie eine Schildkröte, aber seine Stimme weckte ihre Aufmerksamkeit.

„Wie kann ich Ihnen helfen?", fragte er schließlich nach den üblichen Höflichkeitsfloskeln. „Sie brauchen mir die ganze Geschichte nicht noch mal zu erzählen, ich bin auf dem Laufenden über die Tragödie, die Sie getroffen hat. Ohne natürlich die Details zu kennen."

Federica kam direkt auf den Punkt. „Ich könnte, und ich betone, ich könnte Probleme wegen eines Schriftstücks bekommen, das mein Mann hinterlassen hat, nachdem man ihn angegriffen hatte", dabei zog sie zwei Papiere heraus, eines, das Bruno vor, und eines, das er nach dem Attentat geschrieben hatte. „Sehen Sie den Unterschied? Als hätten es zwei verschiedene Menschen geschrieben."

„Und Sie benötigen ein Gutachten eines Schriftsachverständigen, das kategorisch ausschließt, dass das zweite Schriftstück aus der Hand Ihres Gatten stammt."

„Exakt."

Der Anwalt dachte einen Moment nach. „Das ist möglich, reicht aber nicht."

„Und warum?"

„Wir brauchen ein gerichtsmedizinisches Gutachten, das bestätigt, dass es Signor Manera durch seine vorübergehende

Beeinträchtigung nicht möglich war, die nötigen Bewegungen zum Schreiben auszuführen."

„Aber zum Zeitpunkt seines Todes konnte er sich selbst anziehen und Auto fahren", warf Federica ein.

„Na und? Wir müssen von Anfang an Zweifel an der Wissenschaft säen. Vergessen Sie nicht, dass Prozesse im Untersuchungsverfahren gewonnen werden. Die Hauptverhandlung ist immer ein Risiko."

„Verstanden. Ich werde Ihnen die Klinikakten meines Mannes zukommen lassen."

„Und schlussendlich ist es wichtig, dass keine weiteren Dokumente auftauchen, die Basis einer eventuellen Anklage sein könnten."

Daran hatte ihr Vater bereits gedacht und Federica gebeten, in der Villa nach Tagebüchern, Zetteln und jedem noch so kleinen Fetzen Papier zu suchen, um sicherzugehen, dass Bruno nichts Schriftliches mehr hinterlassen hatte.

„Mir fällt auf, dass der verwendete Stift derselbe ist, ein Füllfederhalter. Ich hoffe, den gibt es inzwischen nicht mehr."

Federica wusste genau, in welchem Karton er lag, und würde ihn verschwinden lassen, sobald sie wieder zu Hause war.

„Ab jetzt kümmere ich mich um alles", sagte der Anwalt, „falls Sie durch unglückliche Umstände Gegenstand der Ermittlungen oder eines eventuellen Strafverfahrens werden sollten, meine Kanzlei ist immer für Sie da."

„Danke."

Er lächelte zufrieden und bat seine Sekretärin, Federica zur Tür zu bringen, zuvor hatte er noch einen astronomisch hohen Vorschuss verlangt.

Ihr Vater hatte auch das vorausgesehen. „Die Freiheit hat immer einen Preis. Und wir können es uns leisten, ihn zu bezahlen."

In den folgenden Tagen kümmerte sich Federica um die konkrete Umsetzung des Plans. Mithilfe des kompetenten, effektiven und stets präsenten Dottore Gianola gelang es ihr, die Firmengründung für die Vardanegas einzuleiten und das Haus von Manlio Giavazzi zu kaufen. Der Wachmann erschien zwar schlecht gelaunt beim Notar, unterschrieb aber ohne jeden Protest oder weitere Forderungen den Vertrag. Stefano Clerici zeigte sich in allem äußerst kooperativ, ja fast demütig.

„Wir können zufrieden sein", meinte Jacopo Pesenti am Ende eines weiteren nächtlichen Treffens in seinem Büro. Er hatte im Hintergrund alles genau verfolgt. „Wir sollten keine Probleme bekommen, jedenfalls nicht unmittelbar. Aber bleiben wir wachsam und vor allem …", sein Zeigefinger deutete auf seine Tochter, „vermeiden wir weitere Dummheiten."

Eine Woche später trafen sich Stefano und Michele nach dem Abendessen auf dem Kinderspielplatz, wo sie schon den Plan geschmiedet hatten, Riga auszuschalten. Clerici hatte um das Treffen gebeten.

„Wir müssen Giavazzi loswerden", sagte er, „der macht uns sonst das Leben zur Hölle."

Michele ging nicht darauf ein. „Lass ihn reden", hatte Sabrina gesagt, „lass dich nicht zu einem weiteren Verbrechen anstiften, du hast dich für die Seite der Pesentis entschieden."

„Federica ist ausgestiegen, als ob das Ganze ein Kartenspiel wäre. Sie hat die Rechnung mit dem Wachmann beglichen und jetzt hat er nur noch uns, um sich als Retter der Nation aufzuspielen."

„Mir ist kalt. Sag mir, warum du mich treffen wolltest", unterbrach ihn Michele.

„Giavazzi macht mir Sorgen. Nicht nur seine absurden Vorstellungen, das letzte Mal hat er zum Beispiel vorgeschlagen, gemeinsam mit mir eine Bar zu eröffnen, weil er keine Lust mehr hat, wie eine Statue vor der Bank zu stehen. Er schleicht sich auch klammheimlich in mein Leben. Er geht ins Cavour, wo er absolut nicht hingehört, setzt sich zu mir an den Tisch und erzählt allen, ich sei sein Freund. Und meine Verlobte fragt er nach Stylingtipps."

„Bei mir macht er das auch", sagte Michele, „unter dem Vorwand, den Umbau zu besprechen, kommt er ins Taiocchi. Und sogar zu mir nach Hause."

„Wenn das so weitergeht, sind wir bald seine Lakaien."

Michi war nicht ganz so pessimistisch. „Wenn der Umbau fertig ist, werden wir ihn schon loswerden."

„Du machst dir was vor. Du hast nicht verstanden, was das für ein Typ ist."

„Ich kenne ihn seit meiner Kindheit, sein Sohn Adamo war mein Freund, aber ich habe immer noch nicht verstanden, was du eigentlich von mir willst."

„Wir müssen eine Lösung finden."

Michele seufzte. „Ich weiß, was du sagen willst, aber bei solchen Lösungen bin ich nicht mehr dabei. Und wenn Signor Manlio Schwierigkeiten machen sollte, die ich nicht lösen kann, werde ich mich an die Pesentis wenden."

„Und du meinst, die werden dir helfen?"

Vardanega sagte genau das, was seine Frau ihm aufgetragen hatte. „Ich bin mir sicher, Federica hat es mir zugesagt. Und sie hat mir geraten, weder auf dich noch auf Giavazzi zu hören."

In diesem Augenblick war Stefano klar, dass Michele als Verbündeter für ihn verloren war. Für immer. Diese blöde Kuh hatte das Gewicht ihres Namens in die Waagschale geworfen und Michi ließ keinen Zweifel daran, auf welcher Seite er stand. Dieser durchgeknallte Giavazzi war ab sofort allein sein Problem. Und das war längst nicht alles. Man hatte ihn zum Heiraten gezwungen und ein Steuerberater aus der Stadt steckte seine Nase in die Unterlagen über die Vermögensverwaltung Manera-Pesenti.

„Du musst aufhören, andere zu manipulieren, um dich selbst zu retten", sagte Michele.

„Was soll das heißen?"

„Sabrina meint, du hättest einen kriminellen Charakter."

„Tatsächlich?"

„Du bläst dich auf wie ein kleiner Boss und glaubst, du könntest uns Befehle erteilen und wir wären stets bereit, die auch zu befolgen."

„Aber mein Geld hast du genommen und du hattest keinerlei Skrupel, Riga umzulegen."

„Das stimmt, aber du hast uns dazu angestiftet. Aber damit ist jetzt Schluss."

„Sagst du das oder deine Frau?"

„Sabrina."

Der Finanzberater war außer sich vor Wut, beschimpfte ihn als erbärmliches kleines Würstchen und ging dann zum

Auto. Wenn seine Frau sich nicht eingemischt hätte, hätte er die Vardanegas bestimmt überzeugen können, Giavazzi das Licht auszublasen. Noch ein Grab auf dem Hügel und dieser Albtraum wäre für immer zu Ende gewesen. Es hatte ihm wehgetan, als Verbrecher beschimpft zu werden. In seinem Beruf hatte er gelernt, dass Hindernisse, die eine Gefahr für den Profit und die Rendite darstellten, aus dem Weg geräumt werden mussten. Und er hatte verstanden, dass diese Maxime nicht nur für den Finanzsektor galt.

Er schaute auf die Uhr am Armaturenbrett. Er war spät dran und beschleunigte, Aurora erwartete ihn im Cavour und er war nicht in der Stimmung, sich auch noch ihre Vorwürfe anzuhören.

Michele dagegen blieb noch eine Weile im Dunkeln sitzen, um Clericis Wutanfall zu verdauen. Am liebsten hätte er ihn verprügelt, aber das wäre nur ein weiterer Fehler gewesen. Gewalt kam für ihn nicht mehr infrage. Er dachte noch oft an die Szene, wie er Riga mit dem Maurerhammer erschlagen hatte, das metallische Geräusch des Aufpralls auf seiner Schläfe dröhnte noch in seinen Ohren. Er wusste, dass es ihn bis zum Ende seiner Tage begleiten würde.

Im Taiocchi angekommen, bemerkte er Roberto, der mit zwei Männern Billard spielte: Ciprian und Mircea, zwei Rumänen, die in ihrer Baufirma angestellt waren. Der eine war sicher schon Mitte fünfzig, hatte aber gute Referenzen und in seiner Heimat viel Erfahrung als Polier gesammelt. Der andere war etwa zwanzig Jahre jünger und hatte schon immer als Maurer gearbeitet. Auch in Deutschland. Die beiden waren erst vor Kurzem ins Tal gezogen, weil ihre Frauen hier Arbeit auf einer Truthahnfarm gefunden hatten. Ihnen war von Anfang an klar gewesen, dass die Vardanegas nur wenig vom Bau verstanden, sie hatten eine Gehaltserhöhung verlangt und auch bekommen. Die Idee mit dem Billard stammte von Michi. Er hoffte, dadurch das Betriebsklima zu verbessern und Probleme erst gar nicht aufkommen zu lassen. Roberto dagegen hielt das für überflüssig, er liebte es, den großen Chef zu spielen, selbst diesen armen Schweinen gegenüber. Und Giavazzi unterstützte ihn bei seinen Machtgelüsten. Seitdem er ihn auf dem Kirchplatz angesprochen hatte, war Signor Manlio ein anderer geworden. Wahrscheinlich war es der Schmerz um Adamo, der ihn auf der einen Seite so hart und verbissen hatte werden lassen, auf der anderen suchte er nach Anerkennung. Michi verstand ihn nicht. Man musste sich mit dem Schicksal abfinden und geduldig sein. Sobald die Renovierung seines Hauses beendet sein würde, wäre Giavazzi nur noch eine schlechte Erinnerung. Und nicht mal die schlimmste.

10

Ein paar Wochen später

Antonio Zambelli, der Gebietsleiter der Valle Securitas, rief den Kollegen Giavazzi zum dritten Mal innerhalb weniger Minuten an. Niemand nahm ab. Der Wachmann war nicht bei der Arbeit erschienen und die Bank war unbewacht. Durch die Einsparmaßnahmen war kein Ersatz verfügbar, die Firma hatte wegen der geringen Zahl an Straftaten im Tal Personal abbauen müssen. Es war noch nie vorgekommen, dass Manlio Giavazzi sich nicht gemeldet hatte, er hatte überhaupt nur selten gefehlt. Zambelli stieg in den Dienstwagen und fuhr zu ihm. Er wusste, dass sein Haus umgebaut wurde, aber der Umfang der Arbeiten überraschte ihn. Er klingelte mehrmals, dann schaute er durchs Fenster. Nicht, dass er einen Verdacht hatte, aber durch seinen Beruf war er es gewohnt, misstrauisch zu sein. Er bemerkte, dass die Lichter noch brannten, was ihn davon überzeugte, noch genauer hinzusehen. Erst jetzt fiel ihm der Körper auf dem Sofa auf. Ohne zu zögern schlug er die Scheibe ein, öffnete das Fenster und sprang ins Zimmer. Manlio Giavazzis Mund stand offen, vollgestopft mit einer halb zerkauten klebrigen Masse, die über das Kinn und den Hals auf den Brustkorb gelaufen war und dort eine kleine Pfütze gebildet hatte. Auf dem Tisch standen vier Gläser Marrons glacés und es war offensichtlich, was die Todesursache gewesen war.

Der Gebietsleiter rief die Direktion an, danach Maresciallo Piscopo und als Letztes Dottore Cornolti.

Zwanzig Minuten später standen alle um den Leichnam herum. „Er hat sich umgebracht, genau wie der Sohn", sagte der Arzt, „das ist offensichtlich Selbstmord und von Gesetzes wegen muss eine Autopsie gemacht werden."

Der Maresciallo war nicht dieser Ansicht. Ihm war klar, dass Giavazzi trotz dieser Duplizität auch Opfer eines Mordanschlags gewesen sein konnte. Aber nach allem, was passiert war, wollte er weitere Schwierigkeiten vermeiden, die das Kommen und Gehen der Staatsanwälte, der Spurensicherung in ihren weißen Anzügen und der Gerichtsmediziner mit sich bringen würde. Und vor allem der Presse. Das Dorf brauchte nicht schon wieder negative Schlagzeilen. Und er erst recht nicht. Jeder noch so kleine Verdacht konnte das gerade abgeflaute Interesse am Mordfall Manera und am Verschwinden von Fausto Righetti wieder aufflammen lassen. „Für mich sieht das nicht wie Selbstmord aus", sagte er mit der Sicherheit des erfahrenen Ermittlers, „jemand, der gerade sein Haus renoviert, bringt sich doch nicht um. Außerdem wissen wir alle, dass Giavazzi von diesen Marrons glacés wie besessen war. Der Arme ist besoffen erstickt."

Auch Franco Salvetti, der Gründer der Valle Securitas, stützte die Unfallthese, er hatte sich nach Zambellis Anruf sofort auf den Weg gemacht. „Ich stimme dem Maresciallo zu, trotzdem ist es eine Tragödie", sagte er. Allein die Vorstellung, jemand könnte das Gerücht verbreiten, Giavazzi habe sich wegen zu langer Schichten umgebracht, war erschreckend. „Führen wir uns das Leid dieses Vaters vor Augen, das er Tag für Tag erlebt hat. Ein ständiger Schmerz, den er nach der Trennung von seiner Frau nach Adamos Tod ganz allein ertragen hat. Manlio Giavazzi war ein anständiger Mensch und ein verlässlicher Mitarbeiter, wir werden uns selbstverständlich um das Begräbnis kümmern. Ihn in seiner Uniform zu beerdigen ist ein bescheidener, aber verdienter Dank für seine geleistete Arbeit."

„Im Dorf werden alle an Selbstmord denken", bemerkte Cornolti verärgert, während er mit dem Handy Fotos machte, „ich muss mich ganz schön verbiegen, um einen vernünftigen Totenschein auszustellen."

„Der Polizeibericht wird deutlich machen, dass es nichts gibt, was für andere Hypothesen sprechen könnte", versicherte ihm Piscopo.

Der Arzt wusste, dass weiteres Insistieren keinen Sinn hatte. Am Ende schloss er sich der Mehrheitsmeinung an. Warum sollte er es sich mit Piscopo verscherzen? Sie waren immer gut miteinander ausgekommen. Außerdem hatte die anfangs weiße Weste des Arztes im Laufe der Jahre einige Flecken bekommen, zum Beispiel anlässlich von Arbeitsunfällen in den Fabriken und auf den Bauernhöfen. Doch sein Gewissen war blütenrein: Er hatte immer zum Schutz der Gemeinschaft gehandelt. Dass er dafür nicht in Schwierigkeiten kam, verdankte er seinem Ansehen im Tal. Doch dieser Dickkopf aus dem Süden konnte den guten Ruf eines Menschen nur allzu schnell zerstören, wie es auch bei Bruno Manera gewesen war.

Der Maresciallo hatte Zambelli gebeten, nach der Dienstwaffe des Toten zu suchen. Nach einer Weile kam er mit einer Pistole und einer Schachtel Munition in der Hand ins Wohnzimmer zurück. „Das habe ich im Schlafzimmer gefunden."

Piscopo beschloss, im Moment auf weitere Ermittlungen zu verzichten. Als sie das Haus verließen, standen sie den Vardanegas und den beiden Rumänen gegenüber, die sich mit Appuntato Gasperini unterhielten.

„Signor Giavazzi ist verstorben", informierte sie der Maresciallo, „die Baustelle bleibt so lange geschlossen, bis ich sie wieder freigebe."

Die Vardanegas verloren keine Zeit. Sie stiegen in den Transporter und fuhren mit den Rumänen ins Taiocchi, um eine Partie Billard zu spielen. An der Theke, vor einem Caffè Corretto und einem Schinkenbrötchen, verbreitete sich die Nachricht in Windeseile.

Zur Mittagszeit war der Tod Giavazzis das Gesprächsthema im Dorf. Stefano Clerici wurde von Aurora informiert, die sich wunderte, dass ihr Verlobter in Tränen ausbrach.

Dass es Tränen der Erleichterung waren, konnte er natürlich nicht zugeben. Er gab vor, ihn während des Umbaus besser kennen und schätzen gelernt zu haben.

Aurora warf ihm einen überraschten Blick zu und kniff ihm in die Wange. „Du arbeitest zu viel, mein Schatz, du brauchst Ruhe."

In der Villa Pesenti wurde die Nachricht von Silvana, der Hausangestellten, verkündet, während sie das Risotto servierte. Niemand sagte ein Wort, aber Vater und Tochter wechselten einen erleichterten Blick.

Während Jacopo wenig später eine Orange schälte, fragte er: „Hast du schon darüber nachgedacht, Federica, was du jetzt mit dem Haus machst?"

„Der Umbau ist fast abgeschlossen und ich habe auch schon Möbel bestellt. Wenn alles fertig ist, werde ich es sofort verkaufen."

„Er war dein Kunde, du musst zu seiner Beerdigung gehen", meinte ihre Mutter erschaudernd.

„Das werde ich mir für nichts auf der Welt entgehen lassen", gab Federica zurück.

Zwei Tage später wurde Manlio Giavazzi beigesetzt. Im Gegensatz zu den sonstigen Beerdigungen im Tal folgten nur wenige Trauernde dem Leichenwagen. Don Raimondo hatte seine treuesten Kirchgänger gebeten, der Trauerfeier beizuwohnen, damit überhaupt einige Einheimische anwesend waren. Die Valle Securitas wurde von der kompletten Direktion vertreten, dazu rund ein Dutzend Kollegen des Toten in gebügelten Uniformen und blank geputzten Kragenspiegeln. Sie standen Spalier und versuchten militärisch aufzutreten. Federica Pesenti, elegant und unnahbar, hielt sich etwas abseits. Auf der anderen Seite des Kirchplatzes unterhielt sich Clerici mit den Vardanegas. Irgendwann tauchte eine schlicht gekleidete, zierliche Frau mit gesenktem Kopf auf, die sofort auf Federica Pesenti zuging. Ihr ungeschminktes Gesicht wirkte verhärmt.

„Ich bin Lucia, Manlios Witwe."

„Mein Beileid, Signora."

„Ist etwas für mich übrig?"

„Wie bitte?", fragte Federica, die sie sehr gut verstanden hatte.

„Ich habe gehört, dass das Haus jetzt Ihnen gehört."

„Ja, Ihr Mann hat es mir verkauft."

„Wir haben uns nie offiziell getrennt, das heißt, wir sind noch verheiratet."

„In diesem Fall haben Sie Anspruch auf das Vermögen Ihres Mannes, das bedeutet eine Menge Papierkram, ich rate Ihnen, sich an einen Anwalt zu wenden."

„Das kann ich mir nicht leisten."

Federica ergriff die Gelegenheit beim Schopf: „Ich könnte Ihnen helfen, wüsste aber gerne, warum Sie sich von Ihrem Mann getrennt und das Dorf verlassen haben."

„Warum interessiert Sie das?"

„Ich bin einfach neugierig. Ich hatte ab und zu mit Giavazzi zu tun, für mich war er ein spezieller Mensch."

„Wie meinen Sie das?"

Federica nahm kein Blatt vor den Mund. „Ich mochte ihn ganz und gar nicht."

Lucia schüttelte verärgert den Kopf, Federicas mangelnder Respekt missfiel ihr. „Ich habe ihn verlassen, weil ich es nicht ertragen konnte, im selben Haus zu wohnen, in dem mein Sohn gestorben ist."

„Und das ist die Wahrheit?"

„Sagen wir, ein Teil davon."

„Und der andere?"

„Manlio war ein guter Mensch", begann die Frau, „ein freundlicher, fürsorglicher Ehemann. Mit Adamos Krankheit hat er sich verändert. Er hat angefangen, die Menschen zu hassen. Die ganze Welt. Ich bin gegangen, weil ich seine Verachtung nicht mehr ertragen konnte."

„Und am Ende hat er sich umgebracht."

„Das stimmt nicht, es war ein Unfall."

„Finden Sie nicht, dass zwei tödliche Unfälle wegen zu vieler Marrons glacés in einer Familie etwas auffällig sind?"

„Ihr oberen Zehntausend seid immer so was von arrogant …"

Federica unterbrach sie, sie brauchte keine Belehrung über gutes Benehmen. „Sie sind zu mir gekommen und haben akzeptiert, mir einige Fragen zu beantworten. Im Gegenzug tue ich Ihnen einen Gefallen, der mich Geld kostet."

Die Augen der Frau füllten sich mit Tränen, aber sie hatte nicht die Kraft, das Gespräch zu beenden. „Ich weiß nicht, warum Manlio sich umgebracht hat. Ich habe ihn seit Jahren nicht mehr gesehen oder gesprochen. Ich bin hier, um ein bisschen Geld zusammenzukratzen, um mir den Luxus erlauben zu können, dafür zu stolz zu sein, bin ich zu arm."

„Ich danke Ihnen für Ihre Aufrichtigkeit", sagte Federica, während sie Stefano zu sich heranwinkte. „Das ist Dottore Clerici, ein kompetenter Finanzberater, der Ihnen mit den Papieren helfen kann."

Sie wartete, bis sich die beiden die Hand gegeben hatten, und ließ sie dann allein. Die Antworten der Frau hatten sie nicht überzeugt: Giavazzi blieb ein schwarzes Loch. Zum Glück war er von sich aus gegangen.

In seiner Predigt bat Don Raimondo Gott um Vergebung für den Verstorbenen und erinnerte an das Leid, das er wegen seines Sohnes hatte erfahren müssen. Er war ein Priester alter Schule und versäumte es nicht, diskret einfließen zu lassen, dass Manlio schon seit Längerem nicht mehr in der Kirche gewesen war und sich dem Trost der Beichte anvertraut hatte.

Federica, Clerici und die Vardanegas folgten dem Sarg auf dem kurzen Weg zum Friedhof. Aus dem Augenwinkel bemerkte Federica, dass Stefano auf sie zutrat.

„Was gibt's?", fragte sie kurz angebunden.

„Die Vardanegas wollen wissen, ob sie mit der Baustelle weitermachen sollen."

„Sobald Piscopo sie freigibt, ja."

Aber Stefano hatte noch eine weitere Frage. „Sollen sie das Notizbuch suchen?"

„Um Gottes willen, nein. Dumm wie sie sind, könnten sie sich dabei erwischen lassen. Giavazzi hat es garantiert gut versteckt, er wusste ja, dass die beiden im Haus zugange waren."

„Und wenn es eines Tages doch auftaucht?"

„Das wäre ärgerlich, aber es würde uns nicht vor Gericht bringen."

„Warum nicht?"

Es zu erklären würde zu lange dauern, und Federica hatte keine Lust, sich weiter mit ihm zu beschäftigen. „Vertrau mir, ich weiß, was ich sage", antwortete sie knapp. „Kümmere dich lieber darum, dass seine Frau nicht im Haus herumschnüffelt und so schnell wie möglich das Tal verlässt."

„Aber sie hat das Recht, die Sachen ihres Mannes zu holen."

„Denk dir war aus, du weißt doch, wie man Leute verarscht."

Der Mund ihres Ex-Geliebten, den sie so viele Male leidenschaftlich geküsst hatte, verzog sich zu einer missmutigen Grimasse. Aber nur um deutlich zu machen, wie sehr er unter ihrer Verachtung litt, sie aber doch stoisch akzeptierte. Er würde Schlimmeres ertragen, nur um sie als Kundin nicht zu verlieren.

„Bist du zufrieden, dass ‚der Mann der Vorsehung' tot ist?", fragte sie und nickte in Richtung Leichenwagen.

„Du ahnst gar nicht, wie froh ich bin, dass man diesem Hurensohn endlich die Eier abgeschnitten hat", erwiderte Stefano. „Er war ein Albtraum, der sich in unser Leben gedrängt hat. Er hat sogar verlangt, auf meine Hochzeit eingeladen zu werden. Und als ich ihm erklärt habe, dass das nicht ginge, hat er sich fürchterlich aufgeregt."

„Apropos Hochzeit, habt ihr euch schon für ein Datum entschieden?", fragte Federica mit unverhohlener Ironie.

„Im Mai", antwortete er finster, „du hättest dir keine grausamere Strafe ausdenken können."

„Du hättest Schlimmeres verdient und bist noch gut dabei weggekommen."

Clerici reagierte nicht und eilte auf die Witwe Giavazzi zu, um sie zu stützen. Mit dieser Frau würde es keine Probleme geben, dachte Federica. Später, als das Grab verschlossen wurde, in das man den Sarg versenkt hatte, dankte sie im Stillen dem Koch am Hof des Herzogs Karl Emanuel I. von Savoyen, der im 16. Jahrhundert die Marrons glacés erfunden hatte.

Nach dem Begräbnis setzte sie sich ins Auto und fuhr in die Stadt. Sie hatte am Nachmittag einen Termin mit dem Notar und würde danach nicht nach Hause zurückfahren. Sie wollte den Tod dieses schrecklichen Menschen feiern, das Ende des Albtraums, die Rückkehr zum Leben. Oder vielleicht wollte sie auch nur eine Nacht lang alles vergessen.

Sie würde mit Dottore Gianola und dessen Frau in einem Sterne-Restaurant zu Abend essen, sich danach eine Perücke aufsetzen, um nicht erkannt zu werden, ein Minikleid mit tiefem Ausschnitt anziehen und dann ins Bobadilla gehen, wo bekannterweise hübsche junge Männer verkehrten. Sie würde genau das richtige Quantum French 75, einen Cocktail aus Champagner und Gin, trinken, um ihre Erinnerungen verschwimmen zu lassen.

Das Vergessen-Können hatte sie im Gymnasium gelernt, als sie über Montale gesprochen hatten. Sie erinnerte sich noch an einen Satz, der in etwa lautete: Die wichtigste Aufgabe eines funktionierenden Gedächtnisses ist, vergessen zu können. Eine Lebensweisheit, die sie und ihre Klassenkameradinnen auf ihre Weise interpretiert hatten.

Das Abendessen war eine mühsame Angelegenheit. Gianna, die Frau des Steuerberaters, eine elegante Frau mit etwas gewagtem Schuhwerk, riss das Gespräch an sich und redete im Grunde nur von Bruno. Natürlich meinte sie es gut, sie glaubte eine untröstliche Witwe vor sich zu haben, die die Erinnerungen an ihren Mann lebendig halten wollte. Und fraglos würde sie ihm immer dankbar sein, nicht zuletzt wegen des Vermögens, das er ihr hinterlassen hatte. Am liebsten hätte sie die Frau unterbrochen, ihr gestanden, dass diese Ehe ein Fehler gewesen war. Und dass sie erst zu spät bemerkt hatte, dass sie Bruno nicht liebte. Aber stattdessen musste sie ihren Sermon ertragen und ihr beim Abschied für ihre liebevolle Anteilnahme danken. Zu Hause brach sie in Tränen aus und legte sich mit einer halben Flasche Wodka ins Bett.

Am nächsten Morgen erwachte sie mit unerträglich schlechter Laune, warf die Perücke und das Kleid, mit dem sie im Bobadilla hatte Furore machen wollen, in den Müll und fuhr ins Dorf zurück.

Sie parkte auf der Piazza Asperti und bemerkte zum ersten Mal die festliche Beleuchtung. Erst jetzt registrierte sie, dass es weniger als zehn Tage bis Weihnachten waren. Sie seufzte. Für sie gab es nichts zu feiern. Vielleicht hatte ihre Mutter deshalb in diesem Jahr den Baum im Wohnzimmer noch nicht geschmückt, wie sie es sonst immer an Maria Empfängnis getan hatte. Sie versprach sich, ihrer Mutter so bald wie möglich den Vorschlag zu machen, das nachzuholen. Dabei würde sie ihr einen gewissen Enthusiasmus vorspielen, den sie zwar nicht spürte, aber sie war inzwischen recht gut in dieser Rolle, was sie nicht einmal störte. Sie ging auf das Le Chic zu, um sich einen bodenlangen Daunenmantel mit cognacfarbenen Nerzeinsätzen zu kaufen, der ihr bei einer Frau in der Stadt aufgefallen war. Um ehrlich zu sein, hätte sie eine rosarote Pelzjacke von Prada vorgezogen, aber noch war es nicht angebracht, sich im Dorf in solchen Farben zu zeigen.

Sie kam an der Bank vorbei, wo der Wachmann stand, der Giavazzis Platz eingenommen hatte. Ein groß gewachsener, kräftiger junger Mann, der eine brandneue Uniformjacke trug. Sie hoffte, es würde ihr erspart bleiben, ihn kennenlernen zu müssen.

Die Boutique war gut besucht, wie um diese Jahreszeit nicht anders zu erwarten war. Aurora ließ eine Kundin stehen, die sich seit einer Viertelstunde nicht zwischen zwei Teilen entscheiden konnte, und ging auf sie zu. Sie nahm sie sogar in den

Arm, aber daran würde sich Federica gewöhnen müssen, da sie sich als Trauzeugin angeboten hatte. Während sie über Weihnachtsgeschenke und das Festmenü plauderten, betraten ihre Freundinnen Ginevra Lussana und Sara Locatelli das Geschäft.

„Von dir haben wir gerade gesprochen", sagte die eine.

„Leider kannst du dieses Jahr nicht feiern", stellte die andere klar, „du bist erst seit kurzer Zeit Witwe."

Ginevra flüsterte ihr ins Ohr: „Aber wenn du nicht bei Mama und Papa versauern willst: Ich habe von einer Cocktailparty in der Stadt gehört, da ist so viel los, dass du nicht auffallen würdest."

Federica schüttelte den Kopf. Das Risiko war zu groß. Wenn sie doch erkannt würde, und die Wahrscheinlichkeit war ziemlich hoch, würde das auch im Tal bekannt werden. Vielleicht würde es sogar die Presse aufgreifen. „Danke, aber mir ist noch nicht nach Feiern."

„Halt durch", ermunterte sie Sara, „noch ein paar Monate Geduld und du bist bereit, wieder auf die Piste zu gehen."

Sie fuhr zu ihren Eltern und fand sich mit dem Gedanken ab, die nächste Zeit in der Villa zu verbringen. Man kann der Realität nicht entfliehen. Aber ihre Mutter, die allen die Qual eines traurigen und einsamen Weihnachtsfestes ersparen wollte, hatte einen strategischen Fluchtplan entworfen. Sie würden am 23. Dezember in ein Luxusresort auf den Jungferninseln fliegen und erst am 8. Januar zurückkehren. Die offizielle Version für Verwandte und Freunde war, dass sie zu der Schwester ihrer Mutter in die Berge fahren würden, die sie seit Jahren nicht gesehen und denen sie noch nie sehr nahegestanden hatten.

„Kein Wort zu deinen Freundinnen", sagte Matilde, „und kauf nichts für die Reise. In Saint Thomas gibt es fantastische Geschäfte."

„Wir werden ziemlich braun werden", meinte Federica.

„Genau wie alle, die ein paar Tage in den Bergen verbringen."

11

Das Erste, wozu sich Federica nach der Reise zwang, war, auf die Waage zu steigen. Wie erwartet, hatte sie zwei Kilo zugenommen. Die Küche im Resort war so vorzüglich gewesen wie ihr Ruf, man konnte zu jeder Tages- und Nachtzeit etwas essen und trinken. Sie waren die einzigen Italiener gewesen, die übrigen Gäste waren meist reiche Amerikaner, die sich um jeden Preis amüsieren wollten. Sowohl sie als auch ihre Eltern waren in die kalkulierte und wohldosierte Euphorie des Resorts eingetaucht und hatten tatsächlich sorgenfreie Festtage verbracht. Federica hatte lange Strandspaziergänge gemacht und zum ersten Mal realistisch über ihre Beziehung zu Bruno nachgedacht. Und sich mit ihrer Entscheidung auseinandergesetzt, einen Mann zu heiraten, den sie nicht liebte. Sie hätte die Affäre mit Stefano kritisch betrachten müssen, hatte aber nach einigen Versuchen aufgegeben. Der Groll gegen ihn war noch zu stark, um ihre eigene Rolle aufrichtig zu reflektieren.

Nach dem Abendessen war sie ins Casino gegangen. Es hatte ihr Spaß gemacht, die Rolle der Witwe zu spielen, die mit vollen Händen das Geld ihres verstorbenen Mannes ausgab. Sie hatte beim Roulette stets auf die Zahlen gesetzt, die während ihrer Ehe bedeutsam gewesen waren. Und sie hatte immer verloren.

Sie hatte auch einige interessante Bekanntschaften gemacht, besonders eine erfolgreiche dunkelhäutige Immobilienhändlerin aus Chicago hatte sie sehr beeindruckt. Ebonie Wheeler war eine sympathische und durchsetzungsfreudige Frau, die gerne lachte. Dabei war Federica aufgefallen, dass sie selbst schon lange nicht mehr so gelacht hatte. Ihre Gespräche hatten sie dazu motiviert, sich aktiver mit Brunos Geschäften zu befassen, die ihr Vater dazu genutzt hatte, Giavazzi und die Vardanegas an sie zu binden. Jetzt, da Giavazzi ihr den Gefallen getan hatte, von der Bildfläche zu verschwinden, konnte sie mehr daraus machen. „Arbeit ist wichtig im Leben", hatte Ebonie wiederholt gesagt und Federica, die in ihrem Leben nie hatte arbeiten müssen, hatte verstanden, dass Arbeit dem Leben Sinn und Stabilität geben konnte. Besonders in einer so delikaten Phase.

Nach ihrer Rückkehr beschloss sie, sich der ersten und einzigen Investition zu widmen, die Bruno im Tal getätigt hatte, das alte Haus, das über Generationen hinweg der Familie Nava gehört hatte. Als ihr damals zu Ohren gekommen war, dass ihr Mann es bei einer Zwangsversteigerung gekauft hatte, war sie so wütend gewesen, dass sie es sich nicht einmal angesehen hatte. In ihren Kreisen galt ein solches Vorgehen als unschicklich oder zumindest als schlechter Stil, und es hatte die Gerüchteküche über den Fremden weiter angeheizt. Sie hatten sich gestritten. Bruno hatte die Vorwürfe als verlogen empfunden, die einheimischen Unternehmer hätten ja auch keine Probleme damit, das Tal auszubeuten, die Umwelt zu verschmutzen und möglichst wenig Steuern zu zahlen. Federica war über diese Kritik empört gewesen, ihrer Meinung nach hatten die Pesentis und die anderen Unternehmerfamilien den Wohlstand ins Tal gebracht, was überaus lobenswert war. Wie ihr Vater immer sagte: „Ohne uns gäbe es hier nur Bauern und Viehhirten mit einem Außenklo."

Um weitere Diskussionen zu vermeiden, hatte Bruno ohne ihr Wissen Silvia Aldegani kontaktiert und mit dem Umbau beauftragt, eine Architektin, mit der er schon öfter zusammengearbeitet hatte.

Federica hatte ganz vergessen, dass ihr dieses Haus gehörte, erst als die Rechnung der Architektin gekommen war, die damit angemessen lange gewartet hatte, hatte sie sich wieder daran erinnert. Sie wusste Silvia Aldeganis Fingerspitzengefühl sehr zu schätzen und musste jetzt entscheiden, ob die Arbeiten weitergehen sollten oder nicht. Die Architektin hatte sie am Telefon eingeladen, sich mit ihr zu treffen, damit sie ihr das Projekt erläutern konnte.

„Bruno hatte eine fantastische Gabe für das Aufspüren solcher Kleinode, die es wert sind, wiederentdeckt zu werden", hatte sie gesagt.

Und sie hatte nicht zu viel versprochen. Als Allererstes war Federica von der Aussicht beeindruckt, die sie an diesem sonnigen Wintertag schier überwältigte. Auf der einen Seite die bewaldeten Hügel, auf der anderen die Straße mit dem unablässigen Strom der Lastwagen und das Industriegebiet. Eine graue Narbe aus Beton, die Felder und Weinberge durchschnitt und auf der die bunten Firmenschilder wie Farbkleckse wirkten. Das der Pesentis überstrahlte alle anderen.

Genauso beeindruckend war die Größe des Anwesens. Außer dem Wohngebäude gab es einen Stall, eine Scheune, ein Lager und eine Käserei, in der Caciotta hergestellt worden war, ein Weichkäse, für den die Navas im ganzen Tal berühmt waren. Spontan kam ihr der Gedanke, das elterliche Haus zu verlassen und sich hier ein eigenes Domizil zu schaffen.

Die Architektin kam kurze Zeit später. Sie fuhr einen Sportwagen, der irgendwie aggressiv wirkte, genau das Richtige für eine Frau, die nach den Vorstellungen des Tals nicht besonders gut aussehend war, dafür aber durch selbstbewusstes und energiegeladenes Auftreten beeindruckte. Sie hielt ein Tablet in der Hand, führte ihre potenzielle Klientin durch das Haus und beschrieb ihr den Umbauplan. Einige Details verrieten Federica, dass auch Ideen ihres Mannes eingeflossen waren.

„Können wir uns duzen?", fragte Federica.

„Natürlich."

„Das Chalet in Cortina hast du auch umgebaut?"

„Ja", sagte Silvia stolz.

„Ich habe es verkauft."

Das Gesicht der Architektin verdüsterte sich. „Wie schade. Bruno war so stolz darauf."

„Ebendeshalb. Ich will seine Präsenz nicht spüren, nichts soll mich an die Vergangenheit erinnern."

„Wie du meinst. Du bist jetzt die Auftraggeberin."

„Dann fangen wir noch mal ganz von vorne an."

Die beiden wurden sich schnell einig und nachdem sie die Neuausrichtung des Projekts durchgesprochen hatten, bat Federica die Architektin, mit zur ehemaligen Villa zu fahren, wo sie mit ihrem Mann gelebt hatte.

Die Bagger hatten das Haus abgerissen und den Boden planiert.

„Wurde er hier umgebracht?", fragte Silvia.

„Ja."

„Das Grundstück ist groß genug für ein Doppelhaus. Das ist rentabler."

„Wir haben uns verstanden, wie ich sehe."

Es war fast schon Abendessenszeit, als Federica zu ihren Eltern zurückkam. Sie hatten einen Gast, der mit ihnen im Wohnzimmer ein Glas Champagner trank. Sie erkannte ihn sofort, es war Marco Bresciani, der zweitgeborene Sohn einer Unternehmerdynastie aus einem anderen Ort im Tal. Man wusste, dass es in letzter Zeit Schwierigkeiten mit seinem älteren Bruder gegeben hatte, der ihm eine Führungsposition im Familienunternehmen verweigert hatte. Seit einiger Zeit ging er immer seltener ins Büro, ein sicheres Zeichen, dass er bereit für eine neue Aufgabe war. Seine Vita war durchaus respektabel: Abschluss in Wirtschaftswissenschaften an einer berühmten Universität im Ausland, zwei Jahre Führungserfahrung in den Niederlanden. Was ihn allerdings am meisten auszeichnete, war sein Ehrgeiz.

Einige Monate zuvor war seine Verlobung mit Samanta Giuliani, Tochter einer prominenten Familie aus dem Tal, in die Brüche gegangen, weil sie ihn dabei erwischt hatte, wie er mit einer anderen flirtete. So hatte Federica es jedenfalls im Cavour gehört.

Sie entschuldigte sich, dass sie keine Zeit gehabt hatte, sich umzuziehen, und erzählte von ihrem Tag. Im Grunde war sie nicht überrascht. Ihr Vater hatte als Gegenleistung für seine Hilfe eine Hochzeit und einen Enkel verlangt und jetzt, da Giavazzi tot war, hatte er nicht lange gezögert, ihr den ersten passenden Kandidaten zu präsentieren.

Verärgert über die Bevormundung, verkündete sie, dass sie das ehemalige Haus der Navas beziehen wolle. „Du willst dort nicht etwa allein leben?", fragte ihre Mutter besorgt.

Ihr Vater dagegen freute sich. Er war immer der Meinung gewesen, dass erwachsene Kinder das Nest verlassen müssen. „Die Einsamkeit wird sie dazu bringen, ein zweites Mal zu heiraten und endlich Mutter zu werden."

Der Gast warf Federica einen vielsagenden Blick zu. Und es war nicht der erste. Seit ihrem Eintreffen hatte er sie aufmerksam gemustert. Nicht zu auffällig, aber deutlich genug, um zu zeigen, dass er durchaus wusste, warum er zum Abendessen eingeladen worden war. Federica war an solche Situationen gewöhnt und konnte entspannt damit umgehen. Das gesellschaftliche Leben in der Oberschicht des Tals war eine gute Schule gewesen.

„Vielleicht könnte ich ja Marco heiraten, immerhin sind wir gerade beide frei", sagte sie beiläufig und ließ offen, ob ihre Bemerkung geistreich oder provokant gemeint war. „Würde dir das gefallen? Könntest du dir vorstellen, mit mir ein Kind zu haben?"

Der Gast hatte nicht dieselbe Schule durchlaufen und beging den Fehler, seine Verlegenheit zu zeigen. „Ich weiß nicht, ich kenne dich kaum, aber ich denke schon, dass mir das gefallen würde", stammelte er verwirrt. Dann fuhr er fort: „Du bist eine gut aussehende Frau und du bist eine Pesenti, es wäre mir eine Ehre, mit deinem Vater zusammenzuarbeiten."

„Die Ehre wäre ganz meinerseits", erwiderte Jacopo Pesenti, der damit quasi offiziell seinen Segen gab und das Thema abschließen wollte.

Eine Witwe im heiratsfähigen Alter, die noch Kinder bekommen konnte. Ein junger und kompetenter Unternehmer, der aus dem Familienunternehmen ausgeschlossen war und eine solche Chance nicht ausschlagen würde. Für Jacopo Pesenti konnte das funktionieren.

Federica wurde klar, dass das ein Thema war, das sie am besten unter vier Augen mit Marco Bresciani geklärt hätte, aber bestimmte Themen wurden in ihren Kreisen vor allen angesprochen. Das gehörte sich so.

„Ich habe einen Mann geheiratet, den ich nicht geliebt habe, und diesen Fehler werde ich nicht wiederholen", sagte sie an ihren Vater gewandt.

Marco nickte. „Und ich habe eine Affäre mit einer Freundin meiner Verlobten angefangen, mit der Absicht, mich erwischen zu lassen", erwiderte er lächelnd, überzeugt, eine geistreiche Bemerkung gemacht zu haben. Dann trank er einen Schluck Wein und fuhr mit ernster Stimme fort: „Ich möchte klarstellen, dass ich heute nicht hier wäre, wenn dein Vater mir nicht die Möglichkeit in Aussicht gestellt hätte, in leitender Position in seine Firma einzutreten. Eine Witwe hätte ich als Frau sonst nicht in Betracht gezogen, noch dazu eine, deren Mann umgebracht worden ist."

Federica senkte den Blick, ihr wurde flau im Magen. Aber Marco war noch nicht fertig.

„Ich kenne dich ja nicht und die Situation ist insgesamt unklar. Vor allem die Tatsache, dass er fünfzehn Jahre älter war als du, irritiert mich."

„Ich schätze deine Aufrichtigkeit", sagte sie und hoffte, ihn damit zum Schweigen zu bringen.

Ihre Mutter griff nach ihrer Hand und drückte sie. „Solange es Rosen gibt, werden sie blühen", sagte sie aufs Geratewohl, um die peinliche Szene zu beenden.

Die Pesentis brauchten ihre ganze gesellschaftliche Finesse, um den Abend mit Stil zu Ende zu bringen. Sie und auch Bresciani benahmen sich tadellos, bis sich der Gast kurz nach dem Dessert verabschiedete.

Im Speisezimmer machte sich quälende Stille breit. Silvana, die Hausangestellte, wusste aus Erfahrung, dass sie jetzt nicht stören durfte, und zog sich in die Küche zurück. Sie würde später abräumen.

„Was hast du dir dabei gedacht?", fragte Jacopo und warf die Serviette auf den Tisch.

„Das war deine Idee, Papa. Ich habe gerade einen Ehemann beerdigt."

„Weißt du, wie viele Ehen auf diese Weise im Tal geschlossen werden?"

„Ich weiß, wie das hier funktioniert, aber ich lasse mich nicht demütigen, auch von dir nicht."

Jacopo sah sie an, als habe sie den Verstand verloren. Dann stand er auf. „Wir sind alle müde. Wir sprechen morgen darüber."

„Es gibt nichts mehr zu sagen", erwiderte Federica.

„Denk an dein Versprechen", mahnte er.

„Von was redet ihr da?", schaltete sich Matilde ein.

Die beiden reagierten nicht und schauten sich herausfordernd an.

„Dieser Idiot von Bresciani hat die Wahrheit gesagt", sagte Federica in bitterem Ton, „hier werde ich immer die Witwe eines Ermordeten sein. Ich werde niemanden aus unseren Kreisen heiraten können."

Matilde brach in Tränen aus, die brutale Ehrlichkeit ihrer Tochter schmerzte sie zutiefst. Jacopo eilte zu ihr, um sie zu trösten.

„Ich habe alles falsch gemacht", fuhr Federica fort, „ich habe gehofft, hierbleiben und mir eine Existenz aufbauen zu können, mir ein Haus zu bauen. Aber meine einzige Chance ist wegzugehen, dorthin, wo mich keiner kennt."

Ihre Mutter seufzte und fragte melodramatisch: „Und uns lässt du hier einsam und mit gebrochenem Herzen zurück?"

Jacopo fauchte: „Du bist immer noch das verwöhnte kleine Mädchen, das nur an sich selbst denkt."

Federica antwortete nicht und zog sich in ihr Zimmer zurück. Einige Minuten später klopfte es an der Tür. Es war die Hausangestellte, die ihr einen Umschlag reichte. „Ich habe ihn heute Morgen im Briefkasten gefunden."

Er war an sie adressiert, nur der Name, keine Briefmarke, kein Stempel. Er musste persönlich eingeworfen worden sein. Federica wünschte Silvana eine gute Nacht und öffnete den Umschlag. Darin befand sich ein Notizbuch, das aussah wie Brunos Tagebuch. Als sie es aufklappte, klopfte ihr Herz bis zum Hals. Sie starrte auf die unsichere Handschrift ihres Mannes und fand ihren Verdacht bestätigt.

„Ich muss mit dir reden", sagte ihr Vater nach dem Frühstück, „ich erwarte dich im Arbeitszimmer."

„Ich habe keine Zeit."

„Früher oder später muss das Thema auf den Tisch."

„Heute nicht."

Jacopo verließ gekränkt den Raum und Matilde nutzte die Gelegenheit, sich ihrer Tochter anzuvertrauen. „Ich bin nicht dumm. Ich weiß nicht, wie, aber dein Vater hat dir das Versprechen abgerungen, wieder zu heiraten."

„Und euch einen Enkel zu schenken."

„Hat das etwas mit Brunos Tod zu tun?"

„Ja."

„Ich werde ihn davon abhalten, weitere Kandidaten ins Haus zu holen, aber wenn du dich selbst umschaust, wirst du sicher einen geeigneten Kandidaten finden. Du bist schön, du bist jung und du bist eine Pesenti."

„In Ordnung, Mama", sagte Federica und legte ihr Croissant auf den Teller, das wie jeden Morgen noch ofenwarm aus dem Cavour geliefert worden war. Eine Hochzeit war das Letzte, worüber sie sprechen wollte. Sie hatte schlecht und wenig geschlafen und war verwirrt über das Auftauchen des Notizbuchs. Sie hätte sich ihrem Vater anvertrauen und ihn um Rat bitten können. Er würde ihr bestimmt helfen, würde jedoch auch eine Gegenleistung verlangen. Und es war nicht schwer, sich vorzustellen, welche. So war Jacopo Pesenti eben. Sie musste allein damit zurechtkommen. Und sie konnte sich keine Fehler mehr leisten.

Sie war überzeugt, dass derjenige, der den Umschlag mit dem Notizbuch eingeworfen hatte, kein Erpresser war. Sonst hätte er ihr nicht das Original zukommen lassen. Es wirkte eher wie eine großzügige Geste. Der geheimnisvolle Wohltäter gehörte höchstwahrscheinlich zum engen Kreis derer, die in die Ermordung Brunos verwickelt gewesen waren. Stefano

Clerici konnte sie ausschließen. Ihr Ex-Geliebter hätte nicht die Anonymität gewählt, er hätte sich seines ermittlerischen Spürsinns gerühmt, der ihn auf die Fährte des von Giavazzi versteckten Notizbuchs geführt hatte. Diese Gelegenheit hätte er sich nicht entgehen lassen.

Blieben die Vardanegas, eher Michele als Roberto. Aber Michele hätte sich nicht die Mühe gemacht, das Notizbuch in einen Umschlag zu stecken und in den Briefkasten zu werfen, er hätte es ihr persönlich übergeben. Wer konnte es sonst gewesen sein? Die Vardanegas hatten Zugang zu Giavazzis Haus, das nach seinem Tod versiegelt worden war. Hatte man es vorher gefunden? Hatte Giavazzi es jemandem gegeben, bevor er sich umgebracht hatte? Aber warum hatte er sich dann umgebracht? Auch das schien wenig realistisch.

Nachdem Federica das Notizbuch noch einmal gelesen hatte, verbrannte sie es. Jetzt waren alle Risiken beseitigt. Vorausgesetzt, dieses „Geschenk" war aufrichtig und nicht Teil eines Komplotts. „Wenn ich das gewusst hätte, hätte ich diesen römischen Rechtsanwälten nicht so viel Geld in den Rachen geschmissen und Gutachten erstellen lassen", seufzte sie, während sie sich auf ihren Besuch bei Dottore Cornolti vorbereitete.

Die Praxis war geöffnet, die Stühle im Wartezimmer waren besetzt, doch für die Wartenden war klar, dass Federica Pesenti als Nächste drankommen würde. Sie würden die Zeit damit überbrücken, sich zu fragen, warum sie überhaupt hier war, normalerweise wurde die bessere Gesellschaft zu Hause behandelt.

„Warum hast du nicht angerufen?", fragte der Arzt ebenso überrascht. „Ich wäre so schnell wie möglich gekommen."

„Ich weiß, Sie sind immer sehr zuvorkommend. Aber mir geht es nicht schlecht, ich muss wissen, was Sie vom Tod Giavazzis halten."

„Und warum interessiert dich das?"

„Wir hatten geschäftlich miteinander zu tun."

„Und das ist alles?"

Federica rutschte unruhig auf ihrem Stuhl herum. „Er war Brunos Freund und sein Ende hat mich betroffen gemacht", erklärte sie.

„Wenn du überzeugt bist, dass er sich umgebracht hat, dann bleib gerne dabei", sagte der Arzt, „ich wollte eine Autopsie machen lassen, aber Piscopo war dagegen."

„Sie haben nichts Außergewöhnliches bemerkt?"

Cornolti zupfte sich die Ärmel seines Kittels zurecht. „Warum fragst du?", wollte er wissen. „Hast du Anlass, daran zu zweifeln, dass sein Tod ein Unfall oder Suizid war?"

Sie widersprach sofort. „Nein. Aber in letzter Zeit sind so viele schlimme Dinge passiert, dass ich Antworten brauche."

„Die kann ich dir nicht geben", versuchte der Arzt abzuwiegeln. Er hatte keine Lust mehr, sich länger mit Federica Pesentis Lebenskrise zu beschäftigen. „Du muss dich an einen Spezialisten wenden. Oder an einen Priester. Das ist der einzige Weg, wenn es um die Überwindung von Traumata geht."

„Ich habe schon den Kontakt eines Therapeuten, ich werde mich bald mit ihm in Verbindung setzen."

„Bitte, mach das. Dann bin ich beruhigt", fügte Cornolti hinzu und griff nach seinem Handy. „Verstört dich der Anblick des Leichnams?"

„Nicht allzu sehr, immerhin habe ich meinen Mann in einer Blutlache liegen sehen."

Federica betrachtete die Handyfotos, die der Arzt vom toten Körper des Wachmanns aufgenommen hatte. Kalt ließ sie der Anblick nicht. Giavazzi sah aus wie ein Ungeheuer aus einem Märchen, den Mund weit aufgerissen, vollgestopft mit eingelegten Kastanien. Auch im Tod ein schrecklicher Anblick.

„Das ist die Waffe, mit der er sich gerichtet hat, vier Gläser Marrons glacés", bemerkte Cornolti und deutete auf das Display. „Er muss schon vorher betrunken gewesen sein. Abends kippte der gute Manlio gerne mal ein, zwei Flaschen Rotwein. Irgendwann muss es einen Kurzschluss in seinem Hirn gegeben haben, er war nicht mehr Herr seiner Sinne und stopfte wahllos die Kastanien in sich hinein, bis er schließlich erstickt ist. Wenn sein Sohn nicht auf die gleiche Weise ums Leben gekommen wäre, hätte ich auch an einen Unfall geglaubt."

„Und wer hat es für einen Unfall gehalten?"

„Piscopo. Du musst mit ihm sprechen."

Federica entschuldigte sich für die Störung und tat so, als hätten sie die Antworten zufriedengestellt. Sie versprach, ihn nicht weiter mit ihren Problemen zu behelligen. Cornolti wehrte ab: „Ich kenne dich seit deinen Kindertagen und bin froh, wenn ich dir helfen konnte."

Federica verzog den Mund zu einem bemühten Lächeln. Am liebsten hätte sie freundlich und taktvoll nachgehakt: „Ist Ihnen niemals in den Sinn gekommen, dass Giavazzi die Marrons glacés anderen anbot, aber nie selbst welche gegessen hat?"

Er hatte sie immer wieder gedrängt, diese widerlichen Dinger zu essen, doch er selbst hatte nie auch nur eine einzige angerührt. Und als sie ihm bei seinem Besuch in der Villa die sündhaft teuren Kastanien in altem Armagnac angeboten hatte, hatte er empört abgelehnt.

Hasste er sich wirklich so sehr, dass er sich umgebracht hatte, mit einem Dessert, das er ebenso hasste? Möglich. Obsessive Menschen waren zu allem fähig.

Federica stieg ins Auto und bog in die Via Madonna dei Campi ein, der schnellste Weg zur Polizeiwache. Sie musste sich nicht mal eine Ausrede einfallen lassen, weil sie den Maresciallo ohnehin bitten musste, die Arbeiten an der Baustelle wiederaufnehmen zu können. Piscopo hatte sie an dem Tag beenden lassen, als sie den Wachmann gefunden hatten, und die Eingangstür versiegelt. Stefano Clerici hatte Giavazzis Witwe erfolgreich davon überzeugt, auf das Mobiliar zu verzichten. Sie hatte sich mit dem Auto zufriedengegeben, das ehemals Bruno gehört hatte, und für das sie beim Verkauf mindestens 40 000 Euro bekommen würde. Die Vardanegas überbrückten die Zeit mit Reparaturarbeiten in einem Lager der Firma Pesenti und warteten auf grünes Licht seitens Piscopos. Es gab zwar kein offizielles Betretungsverbot, aber das Wort des Maresciallo war ungeschriebenes Gesetz. Niemand hätte es gewagt, seine Anordnung zu missachten, schon gar nicht Michele und Roberto, denen Federica Arbeit gegeben und wieder eine Zukunft geschenkt hatte.

Piscopo bat sie sofort in sein Büro. „Ich habe schon auf Ihren Besuch gewartet, Signora Pesenti", begrüßte er sie.

„Entschuldigen Sie die Störung, Maresciallo, aber ist es möglich, dass ich die Bauarbeiten am Haus Giavazzi wiederaufnehmen kann? Sie ruhen jetzt schon eine ganze Weile."

„Aber natürlich. Ich habe mit der Freigabe noch gewartet, in der Hoffnung, es Ihnen persönlich mitteilen zu können."

Federica setzte sich, während Piscopo bei Milesi zwei Tassen Kaffee bestellte. „Das freut mich. Aber zuerst einmal möchte ich gerne etwas mehr über den Tod des Wachmanns wissen, im Rahmen des Möglichen natürlich. Er war mein erster Kunde und sein Ableben hat mich tief getroffen."

„Alkohol und Einsamkeit können zu tödlichen Feinden werden und den Verstand eines Menschen verwirren, der bereits die schreckliche Erfahrung des Todes des eigenen Kindes gemacht hat", begann der Carabiniere.

„Dann war es Selbstmord."

„Oh nein. Vielleicht habe ich mich da nicht klar ausgedrückt. Ich wollte sagen, dass Giavazzi ein Mensch war, der wenig Glück im Leben hatte, der allein lebte und zu viel trank. Eines Abends, er hatte noch mehr getrunken als sonst, ist er eingeschlafen, den Mund voll mit diesen Kastanien, die er stets so sorgfältig zubereitet hat. Die Masse hat seine Atemwege verstopft, was schließlich zum Tod geführt hat."

„Also ein Unfall", schlussfolgerte sie und suchte nach Argumenten, noch mal nachhaken zu können. Aber sie fand keine. Von Piscopo würde sie nicht mehr erfahren.

„Worüber wollten Sie mit mir sprechen?", fragte sie, um das Thema zu wechseln.

„Über die Akte den Mordfall an Ihrem Mann betreffend. Ich möchte Ihnen versichern, dass ich nicht nachlassen werde, den Täter und seine Komplizen zu suchen, um sie der Justiz zu übergeben, aber Mordermittlungen sind nicht einfach. Und in diesem Fall besonders schwierig, weil uns die Zeugenaussage des vorbestraften Fausto Righetti, genannt Riga, fehlt. Er ist wie vom Erdboden verschluckt."

„Er hatte ja genug Zeit zur Flucht", sagte Federica nach einer Weile, um zu unterstreichen, dass sie sich der Unzulänglichkeiten des Maresciallo durchaus bewusst war. Und da sie schon beim Thema waren, beschloss sie, es mit einer weiteren Nachfrage zu versuchen. „Wie Ihnen mein Vater ja schon versichert hat, genießen Sie unser volles Vertrauen und wir sind Ihnen auf ewig dankbar, dass Sie die Sicherheit in unserem geliebten Tal garantieren, und auch für die Hingabe, mit der Sie weiter nach den Mördern meines Mannes fahnden."

„Aber …", Piscopo, mit seinem Sinn für das Konkrete und Präzise, hatte durchaus verstanden, worauf Federica Pesenti hinauswollte, und sie in ihrer Lobeshymne unterbrochen.

„Aber ich brauche Ihre Hilfe, um das Bild meines Mannes in der Öffentlichkeit zu rehabilitieren", stellte Federica klar, „Sie werden wissen, dass es böse Gerüchte im Tal gibt, wonach Bruno ein Unternehmer mit vielen Schattenseiten gewesen sein soll. Man hat ihn mit kriminellen Vereinigungen in Verbindung gebracht. Sogar mit mexikanischen Drogenbaronen."

Der Maresciallo, der diese Gerüchte selbst gestreut hatte, reagierte beleidigt. „Aber auch Sie haben diesen Mutmaßungen gerne Glauben geschenkt."

Federica war enttäuscht, sie hatte auf mehr Entgegenkommen gehofft. „Sie haben recht, in dieser traurigen Angelegenheit tragen wir alle eine gewisse Verantwortung." Sie hielt inne und wusste nicht recht, welche Richtung sie einschlagen sollte, um doch noch das gewünschte Ergebnis zu erreichen. Sie wählte den schwierigsten Weg, bei dem sie bis zu einem gewissen Grad aufrichtig sein musste. „Gestern war ein junger Mann in meinem Alter bei uns in der Villa, der Spross einer der bestsituierten Familien im Tal. Er war daran interessiert, mich näher kennenzulernen, hat aber davon wieder Abstand genommen. Die Frau eines Mannes, der ermordet wurde, das hat ihm dann doch zu viel Angst gemacht. Daran ist nichts zu ändern, das ist nun mal so. Er hat auch betont, mein Mann habe einen schlechten Ruf gehabt, und das ist etwas, das man ändern kann."

„Verstehe. Ich versichere Ihnen, etwas zu unternehmen. Natürlich im Rahmen meiner Möglichkeiten."

Es war nicht schwer, den Sinn dieses Satzes zu interpretieren. Er würde nichts tun. Federica wurde wütend und wagte sich noch weiter vor. Da das Notizbuch verbrannt war, fühlte sie sich sicher. „Ich möchte hier leben können, genau wie Sie. Ich wäre sehr traurig, wenn uns die Umstände dazu zwingen würden, das Tal zu verlassen."

Piscopo stand auf, er war blass geworden. Am liebsten hätte er dieser unverfrorenen jungen Frau eine seiner Ohrfeigen verpasst, aber hier handelte es sich um die Tochter von Jacopo Pesenti. Er riss sich zusammen und brachte sie zum Ausgang.

Die Aussprache mit dem Maresciallo hatte Federica erschöpft. Sie ging in die erstbeste Bar, die auf ihrem Weg lag, ein etwas schmuddelig wirkendes Lokal, das sie noch nie betreten hatte. Am liebsten hätte sie zwei Fingerbreit Wodka bestellt, aber als ihr klar wurde, dass die Besitzerin und die wenigen Gäste sie erkannt hatten, begnügte sie sich mit einem Latte macchiato. Sie wählte einen Tisch in der Ecke, sie wollte in Ruhe nachdenken. Ihr Vater hätte sich genauso verhalten, das hatte sie oft genug beobachtet, aber sie hatte nicht seine Macht. Und nicht sein Charisma. Und nicht das enge Netz von Freunden und Bekannten, das er über die Jahre geknüpft hatte. Piscopo hatte sich nur so verhalten, weil Jacopo hinter ihr stand. Sie hoffte, dass der Maresciallo die Gerüchte wieder aus der Welt schaffte, die er so sorglos gestreut hatte.

„Drohe niemandem, wenn du deine Drohung nicht auch wahrmachen kannst", sagte ihr Vater oft. Und sie selbst war dazu nicht in der Lage. Wenn Piscopo testen wollte, ob sie nur blufte, musste sie ihren Vater um Unterstützung bitten. Und er würde ihr helfen, aber nur in dem Ausmaß, wie es ihm in den Kram passte, und ihr anschließend die Rechnung präsentieren.

Sie war eine Frau, über die man sprach. Tochter und Witwe, mehr nicht. Wegzuziehen wäre die beste Lösung gewesen, aber sie hatte Angst, sich zu verlieren und zu scheitern. Das Tal und das Dorf gaben ihr Sicherheit, aber um dort in Frieden leben zu können, müsste sie sich ein neues Image geben. Und das konnte sie nur durch die Verbindung mit einem Mann erreichen, der sie vor allen Gefahren schützte. Den Konventionen konnte man sich nicht entziehen. Federica zahlte und verließ die Bar mit dem festen Vorsatz, unter keinen Umständen eine zweite Vernunftehe einzugehen. Sie sagte es sich immer wieder. Und eine andere Gewissheit begann in ihr aufzukeimen: Wenn sie so weitermachte, würde sie zur Menschenfeindin werden. Wie Giavazzi.

Der Gedanke an den Wachmann brachte sie auf die Idee, die Baustelle zu inspizieren, die jetzt wieder zugänglich war.

Während der Fahrt rief sie Michele Vardanega an und teilte ihm mit, dass das Betretungsverbot aufgehoben war.

„Sobald ihr mit dem Lager fertig seid, kehrt ihr auf die Baustelle zurück", wies sie ihn an und fragte dann betont beiläufig: „Hast du zufällig bei mir einen Umschlag eingeworfen?"

„Nein, Signora."

„Und dein Cousin?"

„Ausgeschlossen, ich verstehe nicht, was Sie meinen."

„Es geht um eine Rechnung, nichts Wichtiges", wiegelte sie ab.

Die Vardanegas hatten den Umschlag nicht eingeworfen, das Geheimnis um die Identität des Überbringers blieb bestehen. Sie hoffte, vor Ort eine Antwort zu finden. Die Vorstellung, Giavazzis Haus zu betreten und seine Sachen zu durchsuchen, faszinierte sie. Vielleicht würde sie dann verstehen, wie ein so schlichter Mensch auf diese Weise hatte in ihr Leben eindringen können. Er war ihr bis zu Stefano Clericis Haus gefolgt, hatte sich dann mit Bruno angefreundet und war schließlich vom Retter zum miesen Erpresser geworden.

Im Haus roch es nach frischer Farbe. Es fehlten nur noch die Möbel, die aber bald geliefert werden würden. Nichts Besonderes, die Vardanegas hatten ihr einen Katalog vorgelegt und sie hatte ihnen zwei Tage Zeit gelassen, um etwas Passendes auszusuchen. Auch die Außenarbeiten waren fast beendet. Federica kalkulierte, dass sie zwar keinen großen Gewinn machen würde, aber Hauptsache, sie war das Haus so schnell wie möglich los. Im Wohnzimmer lag noch immer der süßliche

Geruch der Marrons glacés in der Luft. Die Kissen auf dem Sofa waren fleckig und verkrustet. Federica zog die Jacke aus und begann mit der Suche. Mit der Küche fing sie an. Aber nach was suchte sie eigentlich? Es war ziemlich unangenehm, in den Schubladen und den Schränken herumzuwühlen. In diesem Haus gab es nichts Schönes zu betrachten, zu berühren oder zu entdecken. Alles war ärmlich, genauso wie der ehemalige Bewohner. Im Schlafzimmer fand sie eine Blechdose mit Fotos und eine Kassette mit Ketten, einem Ring und einer Armbanduhr. Sie würde Clerici bitten, diese Dinge der Ehefrau zu geben. Letztendlich hatte es für Lucia durchaus Vorteile, dass Manlio sich von der Welt verabschiedet hatte. Der Großteil des Geldes aus dem Hausverkauf musste noch da sein, Zeit, es auszugeben, hatte er ja nicht gehabt. Bei Licht betrachtet, gab es auch noch einige andere, die von seinem Ableben profitiert hatten.

Federica war erschöpft, frustriert und ihr war flau im Magen. Jetzt stand sie auf der Schwelle zum Zimmer des Sohnes. Es war höchste Zeit, damit aufzuhören, in den Sachen eines Toten herumzuwühlen. Erst jetzt bemerkte sie, dass sie bereits zwei Stunden mit dieser trostlosen Tätigkeit verbracht hatte, und ging ins Bad, um sich die Hände zu waschen. Die eingetrocknete Seife wagte sie gar nicht erst anzufassen.

Als sie die Türen des Schränkchens unter dem Waschbecken öffnete, fiel ihr Blick zufällig auf den Mülleimer. Darin befanden sich ein gebrauchter Einwegrasierer, eine Nagelfeile aus Karton und ein weißes Shampoofläschchen, die Marke war mit blauen Buchstaben darauf gedruckt. Es handelte sich um ein Werbegeschenk eines bekannten Herstellers, der Friseurgeschäfte belieferte. Federica nahm es heraus und steckte es in die Hosentasche.

Sabrina Cappelli saß an ihrem üblichen Tisch im Tony's, der Bar neben dem Salon, in dem sie Haare wusch. Sie aß einen Salat, dazu trank sie ein Glas Wein. Ein rasches Mittagessen, bevor die nächste Kundin kam. Mia Adami, ihre Chefin, legte Wert darauf, dieselben Öffnungszeiten anzubieten wie die Salons in der Stadt.

Als Federica sich neben Sabrina setzte, zog sie alle Blicke auf sich. Der sofort herbeieilenden Kellnerin erklärte sie, dass sie nicht lange bleiben würde.

Sie nahm das Fläschchen aus der Tasche und stellte es auf den Tisch. Michele Vardanegas Frau warf einen beiläufigen Blick darauf und aß weiter.

„Danke, dass Sie mir das Notizbuch überlassen haben", sagte Federica leise.

„Gerne, es gehört ja Ihnen."

„Andere hätten es benutzt, um Geld von mir zu erpressen."

„Meine Familie ist Ihnen etwas schuldig", antwortete Sabrina, „Sie sind ein guter Mensch, Sie hatten die Größe, meinem Mann zu verzeihen, und haben ihm geholfen, eine Firma zu gründen."

„Er taumelte am Rand des Abgrunds, ich habe ihn nur dabei unterstützt, auf den rechten Weg zurückzufinden", wehrte Federica ihre Dankbarkeitsbekundung ab.

„Das ist meine letzte Arbeitswoche. Die letzte, in der ich Frauen den Kopf wasche", entgegnete Sabrina, „ich erwarte noch ein Kind und Michi bringt jetzt ausreichend Geld nach

Hause, sodass ich mir erlauben kann, nur noch Hausfrau und Mutter zu sein. Und das war immer mein Traum."

„Wie sind Sie in den Besitz des Notizbuchs gekommen?", fragte Federica unvermittelt, die Lebensplanung der Friseurin interessierte sie nicht.

Sabrina Cappelli sah ihr direkt in die Augen. „Signor Manlio hielt sich für einen Marder", begann sie, „Sie wissen es vielleicht nicht, aber Marder sind anders als andere Raubtiere. Sie beißen in den Hals der Hühner, immer nur kleine Bisse, bis der Kopf gelöst ist, dann holen sie die Innereien heraus. Manchmal fressen sie sie nicht mal. Sie töten aus Instinkt, nicht, weil sie hungrig sind. Aber wenn man sie nicht vernichtet, sind die Hühner zum Tode verurteilt."

Federica zuckte zusammen. Die Vardanegas waren eine Familie von Mördern geworden. Sabrina und Michele hatten Blut an den Händen. Aber der Hühnerstall war gerettet. Auch der ihre. Auch der von Clerici. Der Satz, den Giavazzi immer zitiert hatte, war am Ende wahr geworden: „Im Dorf hilft man sich untereinander."

Sie hob den Kopf und streckte Sabrina die Hand entgegen. „Kommen Sie zu mir, wenn Sie etwas brauchen."

Das war kein ehrliches Angebot. Weiterhin mit Clerici und den Verdangas zu tun zu haben war Teil der ausgeklügelten Strategie ihres Vaters, um den Schaden durch Giavazzis Erpressungen zu begrenzen. Diesen Kreis jetzt um Sabrina zu erweitern, als Anerkennung sozusagen, stand außer Frage. Nachdem auch das letzte Geheimnis durch Bauernschläue gelüftet worden war, war das Kapitel für Federica abgeschlossen.

Sabrina war mit dem Salat fertig. Sie bereute es nicht, sich der Witwe anvertraut zu haben. Eine Geschichte, die mit aufgeschnittenen Reifen an einem SUV begonnen hatte, war zu einem Ende gekommen. Niemand konnte es sich erlauben, den anderen zu verraten. Aber das war nicht alles. Sie hatte jemanden zum Reden gebraucht. Und zwar eine Frau. Wenn man sich im Tal einem Mann anvertraute, gab man immer ein Stück von sich preis. Nur ihre Schwester hatte von Anfang an Bescheid gewusst. Sie hatte sie in ihren Plan einweihen müssen, ihn aber allein umgesetzt. Ihre Schwester sollte nicht dabei sein.

Die Entscheidung hatte sie eines Sonntags beim Mittagessen in der Trattoria Due Torri getroffen. Signor Manlio hatte darauf bestanden, Michele und sie einzuladen. Roberto und Alessia wollte er nicht dabeihaben, da er ihre unberechenbare Art fürchtete. Mit Micheles Familie hingegen konnte man sich gut in der Öffentlichkeit zeigen. Sabrina hatte nicht mitkommen wollen, aber Giavazzi hatte sich durchgesetzt, indem er ihrem Mann Undankbarkeit unterstellt hatte. Michi hatte Angst vor Signor Manlio gehabt. Er hatte es kaum erwarten können, bis die Umbauarbeiten abgeschlossen sein würden, um ihn endlich loszuwerden. Aber er hatte nicht verstanden, dass die Sache nie zu Ende sein würde. Giavazzis Forderungen waren von Tag zu Tag dreister geworden. Auch die beiden Rumänen wurden immer mehr zum Problem, sie waren wesentlich kompetenter als Michele und Roberto, Ciprian war in Rumänien sogar Polier gewesen. Sie forderten mehr Geld, wollten samstags nicht mehr arbeiten und verlangten Respekt. Vor allem natürlich von Roberto. Aus diesem

Grund hatten sie ihr Arbeitstempo heruntergeschraubt, der Umbau zog sich hin. Michele hatte Roberto überzeugt, dass Gewalt keine Lösung war und sie erst von den beiden lernen mussten, um sie dann zum Teufel schicken zu können. Sie würden sie durch zwei Schwarze ersetzen, die kräftiger und billiger waren. Und natürlich konnte man sie jederzeit rausschmeißen.

Durch das niedrige Arbeitstempo waren sie etwa zwei, drei Wochen im Verzug gewesen. Der Einzige, der sich darüber beschwert hatte, war Manlio Giavazzi. Wenn er nicht vor der Bank stand, überwachte er gerne den Fortgang der Arbeiten und stellte Ansprüche.

„So geht das nicht", hatte er gesagt, „in diesem Haus muss ich leben und nicht die schöne Federica, die mit jedem ins Bett geht."

Zum Glück war es ebenjene Pesenti, die sowohl Michele als auch diesen Schleimer von Clerici um jeden Preis aus der Sache raushalten wollte. Und die zahlte, um weiteren Ärger mit dem Wachmann zu vermeiden. Michi war abends nach Hause gekommen und hatte erzählt, dass Signor Manlio sich verändert hatte. Um es treffender zu erklären, hatte Michele einen Ausdruck aus dem Dialekt für die ihn langsam auffressende Boshaftigkeit benutzt.

An diesem Sonntagmittag hatte Giavazzi mit einem dümmlichen Lächeln in den Saal geschaut. Er hatte Bemerkungen in Richtung der anderen Tische gemacht und sich überall eingemischt. Man kannte sich und die anderen Gäste hatten sich gewundert, warum die Vardanegas bei Giavazzi saßen, der doch sonst immer allein zu Mittag aß. Irgendwann hatte der Wachmann mit dem kleinen Aurelio geschimpft, bis der Junge schließlich angefangen hatte zu weinen. Unter dem Vorwand, eine Zigarette rauchen zu wollen, war Michele mit ihm nach draußen gegangen. Signor Manlio hatte währenddessen ein Lächeln aufgesetzt und Sabrina angestarrt.

„Ich wollte schon lange mit dir reden."

Sie hatte geschwiegen und darauf gewartet, dass er fortfuhr. Er schien die Abwesenheit ihres Mannes ausnutzen zu wollen.

„Du musst mir helfen, ein attraktiver Mann zu werden. Du bist die Richtige dafür, du arbeitest bei Mia."

Sein Blick hatte Sabrina gezeigt, dass er es ernst meinte. „Sie sind doch ein attraktiver Mann."

„Ich möchte eine elegante Frau finden", hatte er ihr anvertraut, „aber dazu muss ich noch gepflegter aussehen."

„Dann wenden Sie sich doch an das Kosmetikstudio in der Via Roma. Die Mitarbeiterinnen dort sind wirklich gut."

„Ich will aber, dass du dich darum kümmerst."

Ich will?

Giavazzis Lächeln war breiter geworden. „Sagen wir, dass es mir gefallen würde, wenn du abends zu mir nach Hause kommst, mir die Haare wäschst, das Gesicht reinigst und eine Maniküre machst."

„Das halte ich für keine gute Idee."

Der Wachmann hätte vor Wut am liebsten auf den Tisch geschlagen, hatte sich aber zurückgehalten. „Kann es sein, dass mir keiner von euch wirklich dankbar ist? Dabei habe ich alles getan, um euch zu retten. Hast du verstanden, dass dein

Mann ohne mich im Gefängnis wäre? Ist dir das klar? Und dass ich nur mit den Fingern schnippen muss, damit die Hölle losbricht?"

In diesem Augenblick hatte Sabrina beschlossen, dass sie den Hühnerstall vor dem Marder schützen musste. „Ich werde bei Ihnen vorbeikommen, aber das muss unter uns bleiben. Michi darf davon nichts erfahren."

Giavazzi hatte ihr einen undefinierbaren Blick zugeworfen. „Du kannst beruhigt sein, ich liebe Geheimnisse."

Am selben Nachmittag hatte sie sich ihrer Schwester anvertraut, die spontan Robi informieren wollte, damit der diesem Ekel ein für alle Mal das Maul stopfte. Aber dann hatte sie verstanden, dass Sabrina recht hatte: Sie mussten die Männer aus dieser Geschichte raushalten.

Sie hatten einen Plan geschmiedet und ihren Männern gesagt, sie würden mit Freundinnen aus einem anderen Dorf im Tal Pizza essen gehen. Michi würde mit Aurelio zu Hause bleiben und Roberto im Taiocchi Billard spielen. Sabrina würde allein zu Giavazzi gehen, während Alessia draußen im Auto warten würde, bereit, im Notfall einzugreifen.

„Wie wirst du es machen?", hatte Alessia gefragt.

„Alles, was drinnen passiert, ist meine Sache. Bring Robis Beruhigungstropfen mit."

Am Montagmorgen war sie vor der Arbeit zu Fuß über die Piazza Asperti gegangen. Wie immer hatte Giavazzi vor der Bank Wache geschoben. Als er Sabrina näherkommen sah, war ihm klar gewesen, dass sie ihr Versprechen halten würde.

„Wann?", hatte er mit anzüglichem Grinsen gefragt.

„Morgen Abend, gegen halb acht."

Sie war pünktlich gekommen. Giavazzi war bester Laune gewesen, kein Wunder, er hatte bereits eine halbe Flasche Wein intus gehabt.

Sabrina kannte die Männer und wusste, dass man bei Typen wie ihm die Initiative ergreifen musste. Sie hatte sich betrachten lassen, sogar ein Glas Wein akzeptiert. Er hatte sogar Bier besorgt, für den Fall, dass sie keinen Rotwein mochte. Aber sie hatte Wein vorgezogen. Manlio war in die Küche gegangen, um Brot und Wurst aufzuschneiden, und sie hatte seine Abwesenheit genutzt, um die Beruhigungstropfen in den Wein zu schütten. Danach hatte sie nichts mehr getrunken. Sie hatte ihn in ein Gespräch verwickelt und sich in Positur gesetzt. Und er war begeistert gewesen, hatte zugehört, sie nicht aus den Augen gelassen. Und getrunken.

Irgendwann hatte sie das Shampoo und das Maniküre-Set aus der Tasche gezogen. „Wir machen uns schön", hatte sie gesagt und ihn an der Hand genommen.

Während sie ihm die Haare wusch, hatte Giavazzi die Hand ausgestreckt und ihre Beine gestreichelt. Sabrina hatte ihn gewähren lassen und weitergeredet. Darin war sie perfekt. Jede Haarewäscherin, die etwas auf sich hielt, war eine wahre Meisterin im Plaudern.

Bevor es an die Maniküre ging, war sie ins Wohnzimmer gegangen, um eine Zigarette und ein weiteres Glas Wein zu holen, dabei hatte sie ihm die restlichen Tropfen ins Glas geschüttet. Anschließend hatte sie die Zigarette angezündet, ein paar Züge geraucht und sie ihm zwischen die Lippen gesteckt. Eine Geste, die ein schlichtes Gemüt wie Giavazzi nur aus Filmen kannte. Am Filter war ihr Lippenstift zu erkennen gewesen.

„Du bist eine Nutte, ich wusste es."

„Und du wolltest, dass ich deine Nutte bin, oder?"

„Das bist du schon."

„Noch nicht. Wenn du mir nicht beweist, dass du meinen Mann vor dem Knast bewahren kannst, behalte ich den Slip an."

„Ich habe Bruno Maneras Notizbuch, in dem er seine Frau und diesen Idioten von Clerici beschuldigt. Wenn das in Piscopos Hände kommt, ist auch Michele dran."

„Du bluffst doch nur, du hältst mich wohl für blöd."

Der Wachmann war aufgestanden, hatte das Badezimmer verlassen und war kurz darauf mit einem schwarzen Notizbuch zurückgekommen. „Hier ist es. Und jetzt runter mit dem Slip."

Sabrina hatte sich betont langsam die Schuhe ausgezogen, damit er noch das letzte Glas trinken konnte, hatte dann die Strumpfhose hinuntergerollt und schließlich den Slip abgestreift. „Und jetzt setz dich, die Hände sind noch nicht fertig."

Eine halbe Stunde später hatten die Tropfen zu wirken begonnen. Während sie Giavazzi ins Wohnzimmer brachte, hatte sie vorwurfsvoll gesagt: „Du hast mir noch keine Marrons glacés angeboten."

„Hol du sie aus der Küche, ich lege mich aufs Sofa."

Sie hatte sich nicht lange bitten lassen und vier Gläser geholt.

Er hatte mit dem Finger darauf gedeutet und gesagt: „So viele?"

„Die brauchen wir zum Spielen."

„Ah, du willst spielen?", Manlio hatte kaum noch die Augen offen halten können.

Sabrina hatte die Deckel aufgeschraubt, sich rittlings auf Giavazzi gesetzt, die Knie auf seine Arme gepresst und noch ein paar Minuten gewartet, um sicherzugehen, dass er sich wirklich nicht mehr wehren konnte. Dann hatte sie ihm den Mund geöffnet, den Sirup hineingeschüttet und die Früchte hineingestopft.

Er hatte versucht, sich zu befreien, und die Lippen zusammengepresst, aber er war zu schwach gewesen. Beim dritten Glas war er schon tot gewesen, aber sie hatte nicht aufhören können, bis sie nicht auch die letzte Kastanie in ihn hineingestopft hatte.

Von Sabrinas Händen war der Sirup getrieft. Sie war ins Bad gegangen, um sich zu waschen, hatte den Slip angezogen und das Notizbuch an sich genommen. Das Glas, aus dem sie getrunken hatte, hatte sie abgewaschen, und dann war sie zu ihrer Schwester gegangen.

„Hast du ihn umgebracht?", hatte Alessia gefragt.

„Nein, er hat sich selbst umgebracht, genau wie sein Sohn. Mit Kastanien."

„Heilige Scheiße, Sabri, du bist ein Genie."

Das war sie ehrlich gesagt nicht. Sie hoffte, dass die Dorfbewohner von Anfang an glaubten, er hätte es mit Absicht getan. Sie hatte genug CSI-Folgen im Fernsehen gesehen, um zu wissen, dass eine Autopsie Verletzungen in der Mundhöhle und ein Beruhigungsmittel im Blut feststellen würde. Außerdem hatte sie überall Fingerabdrücke hinterlassen.

Im Tal kannte jeder die Geschichte von Adamo, der sich mit Marrons glacés umgebracht hatte. Wenn sie den Vater genauso daliegen sahen, würden sie vielleicht darauf reinfallen.

Und so war es passiert. Es waren schwierige Tage bis zur Beerdigung gewesen. Danach hatte sie gewusst, dass ihr nichts mehr passieren konnte. Wenn man entdeckt hätte, dass es kein Selbstmord war, wäre sie nicht so leicht davongekommen. Als Ehefrau von Michele Vardanega, der zum Todeszeitpunkt auf der Baustelle gearbeitet hatte, hätte Piscopo früher oder später ihre Fingerabdrücke genommen. Sabrina wusste, dass sie weder die Kaltblütigkeit noch die nötige Intelligenz hatte, um ihm standzuhalten, und dass sie zu einer Schicht gehörte, in der man als Mensch nicht viel zählte. Aber sie hatte auch verstanden, dass das Dorf in der Hand von Idioten war, die der besseren Gesellschaft hörig waren, die nur an ihre eigenen Interessen dachten und niemandem im Weg stehen wollten. Ihren Ehefrauen hatte sie jahrelang die Haare gewaschen und aufmerksam ihrem Geplauder, den Gerüchten und Kommentaren zugehört. Deshalb wusste sie, dass sie es riskieren konnte.

Den Wachmann umzubringen war nötig gewesen. Während er erstickte, hatte sie daran gedacht, dass er den Fehler gemacht hatte, ihrer Familie zu nahe gekommen zu sein. Michele hatte ihm erlaubt, Grenzen zu überschreiten, und sich als zu schwach erwiesen. Das konnte sie nicht tolerieren. Und jetzt, da sie keine Angst vor einer Anklage mehr haben musste, konnte sie sich selbst gegenüber zugeben, dass es ihr absolut nicht leidtat.

Sabrina bestellte einen Kaffee. Obwohl der Gynäkologe ihr geraten hatte, es nicht zu übertreiben, war es schon der dritte. Zu viel Kaffee könnte dem Kind schaden.

Epilog

Aurora Bellizzi kannte die Redensart „Braut im Mai, ist's mit der Ehe bald vorbei". Trotzdem forderte sie das Schicksal heraus. Don Raimondos eindringliche Warnung, nicht im Marienmonat Mai zu heiraten, schlug sie in den Wind.

Der Platz vor der Chiesa Sant'Alessandro lag im gleißenden Sonnenlicht, ein herrlicher Tag nach einem regnerischen April. Und sie war schön, wunderschön. Sie trug ein teures Kleid von Vera Wang, der Bräutigam einen Gucci-Anzug. Eine willkommene Werbung für die Boutique. Trotz aller Bemühungen sah Stefano Clerici nicht ganz so strahlend aus. Vielleicht war der Junggesellenabschied bis zwei Uhr morgens, in einem zwielichtigen Nachtklub am Stadtrand, nicht ganz unschuldig daran. Der Junggesellinnenabschied war in weiser Voraussicht zwei Tage zuvor gefeiert worden, da Aurora vermeiden wollte, mit Augenringen vor den Altar zu treten. Sie hatte einen ausgewählten Kreis von rund zwanzig Freundinnen in ein kleines Landhaus eingeladen, auch Federica Pesenti war dabei gewesen. Für sie war es das erste gesellschaftliche Ereignis nach Brunos Ermordung gewesen. Die passende Gelegenheit, sich wieder in der Gesellschaft zu zeigen. Wirklich amüsiert hatte sie sich nicht. Nur als sie sah, wie Aurora in den Armen des eigens angeheuerten Strippers gelegen hatte,

hatte sie zufrieden grinsend eine Menge Fotos gemacht. Er war wie aus dem Nichts aufgetaucht, trug eine amerikanische Polizeiuniform und hatte Aurora unter dem Vorwand, eine Durchsuchung vornehmen zu müssen, „festgenommen". Die Situation hatte sie heillos überfordert, nur der in Strömen fließende Alkohol hatte ihr geholfen, die Überraschung genießen zu können. Sie hatte sich auf das Spiel eingelassen, aber die Grenzen des guten Geschmacks nicht überschritten, um die Gerüchteküche nicht noch mehr anzuheizen. Der Bräutigam hingegen hatte die Gesellschaft einer gut aussehenden Mulattin aus der Dominikanischen Republik genießen dürfen, die ihm seine engsten Freunde spendiert hatten.

Bei der Hochzeit waren alle wichtigen Persönlichkeiten des Dorfes samt Ehefrauen anwesend, Maresciallo Piscopo in Zivil, der Bürgermeister und Dottore Cornolti. Die bessere Gesellschaft war lediglich durch Federica Pesenti vertreten, die anderen Kundinnen aus diesen Kreisen fehlten. Auch wenn sie Aurora noch so sympathisch fanden, das gehörte sich nicht. Auch Federica hätte gerne darauf verzichtet, aber ihre Anwesenheit war ein nötiges Opfer gewesen, um Clerici in die Falle zu locken.

Nach dem Empfang würde das Paar in die Flitterwochen fahren. Zehn Tage all-inclusive auf den Seychellen, das gemeinsame Geschenk einiger Gäste. Federica musste als Trauzeugin natürlich etwas Besonderes schenken, ein englisches Silberbesteck aus dem frühen 19. Jahrhundert. Bruno hatte es nie gefallen und sie hatte die Gelegenheit genutzt, weiteren Ballast abzuwerfen und sich von bedrückenden Erinnerungen zu befreien.

Jacopo Pesenti hatte sich für Stefano ein besonderes Geschenk ausgedacht, das ihn nach seiner Rückkehr aus dem Paradies im Indischen Ozean überraschen würde. Am Tag vor der Hochzeit hatte er sich an Attilio Zanotti gewandt, den Direktor der Bank.

„Versetz Clerici in die Filiale am Ende des Tals", hatte er in herrischem Ton verlangt, man hätte es fast für einen Befehl halten können.

„Die Filiale hat keine Finanzberatung."

„Ich weiß, setz ihn an die Kasse."

„Darf ich erfahren, warum?"

„Besser nicht, die Sache ist so peinlich, dass Federica gezwungen wäre, sich zukünftig eine andere Bank zu suchen."

Zanotti hatte genickt. Die Botschaft war angekommen. „Ich habe bereits einen Ersatz im Auge, deine Tochter wird zufrieden sein."

Jacopo hatte ein gutes Gedächtnis. Und die Macht, sich zu rächen, ohne persönlich in Erscheinung treten zu müssen.

Federica wusste nichts davon, dass ihr Vater die Rechnung mit ihrem Ex-Geliebten beglichen hatte. Er hatte hinter ihrem Rücken gehandelt, um sie nicht zu beunruhigen. Außerdem hätte sie nichts dagegen gehabt. Sie war noch immer so wütend auf Stefano, dass es ihr manchmal fast den Atem nahm. Was besonders in dem Moment spürbar wurde, als sie den Bräutigam küssen musste, wie es die Tradition verlangte. Sie umarmte ihn fest und flüsterte ihm ins Ohr: „Herzlichen Glückwunsch, du Schlappschwanz."

Sie war nicht allein zur Hochzeit erschienen, sondern in Gesellschaft eines gut aussehenden, eleganten Mannes, der sofort Aufsehen erregt hatte. Er hieß Francesco Cattaneo, war 37 und Sprössling einer Industriellendynastie. Nach einem Prädikatsexamen in Ingenieurswissenschaften hatte er einige Jahre in Dubai und Istanbul gearbeitet. Dann war er plötzlich ins Tal zurückgekommen. Die offizielle Version war die Pleite der britischen Firma, für die er gearbeitet hatte, die Wahrheit war eine andere: Er litt an Depressionen, hatte ein Alkoholproblem und war tablettenabhängig. Seine Schwestern waren in ein Flugzeug gestiegen und hatten ihn in eine Schweizer Klinik gebracht. Nach geraumer Zeit war er wieder im Dorf aufgetaucht, geheilt, seelisch stabil und auf der Suche nach einer Zukunft. Mit dem Ausland hatte er abgeschlossen.

Das Treffen mit Federica hatten die Mütter organisiert. Signora Cattaneo hatte ihre alte Freundin Matilde kontaktiert. Nach intensiven Gesprächen hatten sie beschlossen, die beiden einander näherzubringen. Sie waren behutsam vorgegangen, Federica und Francesco hatten nichts bemerkt. Ganz anders als bei Jacopos Holzhammermethode.

Francesco und Federica hatten rasch bemerkt, dass sie beide verletzlich, ein wenig desillusioniert und mit einer belastenden Vergangenheit ausgestattet waren, die sie abstreifen mussten. Sie hatten sich noch nicht einmal geküsst, sich gerade mal über die Hand gestreichelt. Da sie zusammenarbeiteten, fehlte es nicht an Möglichkeiten, sich näherzukommen. Federicas Firma begann zu florieren. Die Vardanegas waren mit dem Umbau des Hauses Nava unter der Leitung der Architektin Aldegani beschäftigt. Es war ihnen gelungen, die Rumänen loszuwerden und als Ersatz zwei erfahrene italienische Maurer um die sechzig einzustellen, die in der Nähe des Tals lebten.

In der Zwischenzeit hatte Federica zwei weitere baufällige Häuser gekauft und die Zuständigkeit ihrem neuen Freund anvertraut.

Ihr Vater hatte sich gewehrt, so gut er konnte. Francesco Cattaneo schien im Augenblick nicht daran interessiert zu sein, ins Familienunternehmen einzusteigen. Jacopo Pesenti brauchte dringender denn je einen verlässlichen Mitarbeiter. Er hatte eine zweite Produktlinie lanciert, weniger aus Notwendigkeit, sondern weil er in der Unternehmensgeschichte des Tals einen Fußabdruck hinterlassen wollte. Innovativ, lukrativ, aber aufwendig: Aramidfasern. Hitzebeständig, reiß- und abriebfest, zu den Kunden zählten Raumfahrtunternehmen und das Militär.

„Und wenn du herausfindest, dass er nicht der Richtige ist?", hatte er seine Tochter gefragt, mit dem Ziel, sie umzustimmen. „Aus dem Bett kriegst du ihn mit einem Tritt in den Hintern, aber ihn aus einer Firma zu schmeißen, in der er sein Geld verdient, ist weit komplizierter."

Federica hatte ihm nicht einmal zugehört. Francesco war eine Chance oder zumindest ein Lichtblick in ihrem Leben als Witwe.

Der Mord an Bruno Manera lag zwar erst wenige Monate zurück, aber man war interessiert, die Geschichte alsbald zu vergessen. Piscopo hatte das Seine zur Rehabilitation von Brunos Ehre beigetragen, indem er die richtigen Leute mit den richtigen Gerüchten und Vertraulichkeiten versorgt hatte.

Nach herrschender Meinung war der flüchtige Fausto Righetti des Mordes an Bruno verdächtig. Er war vom Opfer überrascht worden, als er in die Villa eingebrochen war. Die

Staatsanwaltschaft war nicht bestrebt, einen Prozess in Rigas Abwesenheit anzustrengen. Das hätte nur das Interesse der Presse geweckt, die Ermittlungen in dem Fall noch einmal kritisch zu hinterfragen. Der Fall war dazu bestimmt, langsam, aber sicher zu den Akten gelegt zu werden.

Manlio Giavazzi war buchstäblich aus dem Gedächtnis des Dorfes gelöscht worden. Nur der Friedhofswärter hatte in der Bar erzählt, dass irgendein Spaßvogel ein Glas Marrons glacés auf sein Grab gestellt hatte.

Die Drucklegung erfolgte mit freundlicher Unterstützung durch die
Abteilung für deutsche Kultur in der Südtiroler Landesregierung.

TransferBibliothek CLXV

Die Originalausgabe ist 2021 unter dem Titel *E verrà un altro inverno* bei Rizzoli, Mondadori Libri S.p.A., Milano, erschienen.
© 2021 by Massimo Carlotto. Published by arrangement with United Stories Agency – Roma.

Umschlagfoto: Gianni Berengo Gardin/Contrasto

© der deutschsprachigen Ausgabe
FOLIO Verlag Wien • Bozen 2022
Alle Rechte vorbehalten

Lektorat: Joe Rabl
Grafische Gestaltung: Dall'O & Freunde
Druckvorbereitung: Typoplus, Frangart
Printed in Europe

ISBN 978-3-85256-850-8

www.folioverlag.com

E-Book: ISBN 978-3-99037-127-5